NF文庫
ノンフィクション

「月光」夜戦の闘い

横須賀航空隊 vs B-29

黒鳥四朗著　渡辺洋二編

潮書房光人新社

横須賀鎮守府司令長官・戸塚道太郎中将から授与された軍刀を手にした私(著者)。敗戦の翌月、海軍時代の記念のため自宅で撮影した。

中尉時代の私(右)と整備の吉田久生中尉。6機撃墜、2機撃破の戦果マークを描き入れた愛機「月光」一一甲型試作機(ヨ-101)とともに。垂直尾翼の機体番号ヨ-101は、明度が機体の塗色と同一のため読み取れない。昭和20年(1945年)6月のスナップ。

飛行専修予備学生として鈴鹿航空隊で術科教程にあった昭和18年12月20日ごろ、外出先の白子海岸で写す。左が鈴木朝雄君、右が私。座るのは2人の母で、右端は私の伯母。鈴木君は20年4月にルソン島で戦死した。

19年12月、夜戦隊搭乗員待機所のそばで飲み仲間と雑談。左から私、相沢克美少尉、中嶋克己少尉、犬を持った肥田実技術中尉、久保晋少尉。

冬衣の第一種軍装に略帽をかぶった少尉の私と、略衣の第三種軍装に軍帽姿の工藤重敏上飛曹。ラバウルで活躍した夜戦エースの工藤兵曹から、多くの教えを横須賀空で受けた。

昭和20年3～4月に実施された工藤飛曹長による局地戦闘機「天雷」試作3号機の試運転。私はすさまじい爆音のなかでシャッターを切った。

▲戦果マークを描いた愛機「月光」一一甲型（ヨ‐101）を背に、ペアの倉本十三上飛曹（右）と中尉に進級後の私。20年6月前半の夕方、レーダーテストのおりに写した。右そでの日の丸は落下傘降着時に民間人に示す味方識別用。

◀上と同じときに撮影したヨ‐101。後列左端は肥田技術大尉、3人目と4人目は第一技術廠のレーダー関係の技術士官、2人おいて倉本上飛曹、吉田中尉。ほかは第七飛行隊の整備員。このレーダーを有効に使う機会はなかった。

皇土防空作戦に偉勲

全軍に布告 黒鳥海軍中尉・倉本兵曹

布告

海軍中尉 黒鳥四朗

海軍上等飛行兵曹 倉本十三

昭和二十年六月一日

全軍布告の記事と布告文を掲載した６月14日付の朝日新聞。

〔朝日新聞社提供〕

敗戦の8月15日、野島の地下壕入口で夜戦隊の搭乗員を撮った。左から工藤飛曹長、丸田繁上飛曹、姫石計夫上飛曹、福島亀男上飛曹。福島兵曹の左そでの腕章は先任下士官を示す。

８月下旬～９月上旬の横須賀航空基地を夏島側から写す。敗戦でプロペラを取り外された「彗星」「彩雲」、一式陸上攻撃機に囲まれて暗緑の「月光」３機（手前からヨ－103、－102、－101）が置かれている。いちばん手前の２機は「天雷」。

精神的な不調はとくに感じなかったが、食欲がおとろえて昭和20年7月にはかなりやせていた。本土決戦での戦死を覚悟していたころで、この写真は遺影になるはずのもの。

昭和33年晩秋、国鉄・久留米駅で同僚の森田次男氏（左）を送る。森田氏は海軍コレス（同格）の第3期兵科予備学生の出身で、軽巡洋艦「大淀」の暗号士だった。このころ私の体調は回復のきざしをみせていた。

はじめに

長距離を飛び、運動性に秀で、敵戦闘機とわたり合う艦上・制空戦闘機は甲戦。上昇力と速度、火力を重視し、昼間に爆撃機を迎え撃つ局地戦闘機が乙戦。

両者に対し、日本海軍において丙戦に分類された夜間戦闘機は、闇にまぎれて侵入する爆撃機を襲うのが任務だ。戦闘機の機種としては最も新しく、昭和十八年（一九四三年）四月に実績をあげて制定された。第一次大戦で夜戦部隊を運用したヨーロッパとは、比較にならない遅さと言える。

夜戦／丙戦のカテゴリーは、日本陸軍には長らく存在せず、昼間用戦闘機を夜間に使う方針をとった。B-29の夜間空襲に衝撃を受けて、戦争末期に専用機の開発を命じたかたちだった。

第二次大戦開戦の翌年（一九四〇年／昭和十五年）からイギリスが始め、ついでドイツ、さらにアメリカが追随した、機上および地上のレーダーによる、誘導、捕捉、撃墜の夜間空戦のパターンは、日本では敗戦に至るまで実用化できず、敵のレーダー波を探知警戒したり攪乱《かくらん》したりの高度な応酬にいたっては〝夢の世界のできごと〟に近かった。

いわゆる電波兵器が英米独のレベルにはるか及ばない、日本海軍の夜戦隊にとって、頼みの綱は搭乗員の肉眼と、機軸に三〇度上向きに取り付けた二〇ミリ斜め銃だけだった。原始的とも称しうる武器を駆使して、「月光」や「彗星《すいせい》」夜戦は巨大なB－29に迫り、撃墜した。その戦闘の様相と経過は、既刊の記事、書籍から汲み取って理解できる。

ただし、兵器、戦闘、戦果・被害は夜戦隊の内容の重要部分ではあっても、すべてではない。空中と地上で戦う隊員の人格、感情、意志、そしてそれらが織りなす日常の行動が欠けていては、いびつで不完全な形骸《けいがい》的記録に堕《だ》してしまいかねない。しかも、前者は写真や数字、箇条書き的説明があれば、後世でも相応の再現が可能だが、後者は当事者、関係者の物故によって無に帰してしまう。

本書は、首都圏の上空を飛び夜間空戦を経験した、一予備士官の回想記である。予備学生志願に始まる半生の記述のうちで、過半を占める横須賀海軍航空隊時代の詳細は、今後ふたたび知り得ない事象の連続、と形容して差しつかえあるまい。

しかも著者は、海軍航空の一夜あたりの最高撃墜戦果を記録して、全軍布告の表彰を受けている。さらに加えて、注射された薬液の副作用により、戦後の長期間を苦しみ続ける、稀有《けう》な体験の持ち主でもある。

戦果の多寡《たか》の比較、性能数値の羅列《られつ》では到底表現できない、個人と組織の航空戦の実情を知るために、ぜひとも読んでほしい一冊なのだ。

編者

#「月光」夜戦の闘い——目次

第三章　敵機来襲下のできごと

第四章　苛烈な夜の邀撃《ようげき》戦

第五章　末期における横空の諸事情

「月光」夜戦の闘い

横須賀航空隊vsB－29

第一章　予備学生志願から訓練へ

木材を勉強の対象に

私は大正十二年（一九二三年）二月に東京で、電力会社の技術者の家庭に、四男として生まれた。半年後の関東大震災のおりは、母に抱かれて無事だったそうだ。小さいころは身体が弱く、母に甘えてすごした。

体力がついたのは、中学校のクラブ活動で、サッカーに熱中したおかげである。サッカー部で二年上に植村眞久先輩がいて、適切な指導を受けた。面倒見がよく、がっしりした体格で、あだ名はタンク。のち立教大学へ進み、私と同期の予備学生に志願して零戦搭乗員に。大和隊を率い、神風特攻の嚆矢《こうし》としてフィリピンの海に散華する。

当時、中学以上の学校には、軍事教練を担当する陸軍将校がいて、配属将校と呼ばれた。

私は配属将校と教練に、とりたてて違和感を抱かなかった。習志野、富士の演習場まで出かけ、兵卒のつらさを実感して、どうせ入隊するなら予備役将校へ進める甲種幹部候補生に合格しなくては、と思った。海軍への入隊はまったく念頭になかった。

勉強が好きではなくて、一年浪人。山登りを好んで、そのおりに森に親しむ程度の私が、東京高等農林学校（現在の東京農工大学農学部）の林学科だけを受け続けたのは、母親っ子で東京から出たくなく、家計面から官立しか受けられない事情もあったけれども、兄がここを卒業していたのがいちばんの理由である。

二年に進級した昭和十七年（一九四二年）の春に、学校から紹介され、帝室林野局林業試験場でアルバイトをした。木材の航空機への利用をテーマにしている研究室だった。

軍から提供された英軍機の木製プロペラ羽根が置いてあった。針葉樹のスプルース材と広葉樹のカエデ材、つまり硬材と軟材を樹脂で強化、接合した、積層材の成型品である。

その顕微鏡写真を見せられ、イギリスの技術のすばらしさを痛感した。写真には、加圧と加熱で破壊した細胞内に、石炭酸フェノール樹脂がきれいに浸透して、強化木に仕上がり、高密度の接着がなされた状態が写っていた。日本では硬材同士、軟材同士の接着はできても、硬材と軟材とを完全に張り合わせる技術は確立されていなかった。自分も航空機メーカーに就職し、木材の有効用途の研究をしたいと思った。

翌十八年の五～六月ごろに、川西航空機株式会社の木材利用業務の社員募集に応じたのは、林業試験場でのアルバイトの影響が大きい。兵庫県鳴尾の本工場で面接を受け、「夏休みには実習に来てもらえますか」「はい、大丈夫です」で終わって、ペーパーテストは出されなかった。

川西側の面接担当者は二名で、一人は飛行艇の設計で名高い菊原静男技師だと、あとで学校から知らされた。大学教授のような感じで、木材に関して、また実習の内容などについて熱心な質問を受けたのを覚えている。

直前でコースを急変

就職が決まれば、あとは軍隊のことである。

この年の二月に二十歳になり、三月か四月に荒川区の小学校で徴兵検査を受けた。身長一七八センチ、体重七二～七三キロ、サッカーで鍛えていて、視力一・五以上だから、甲種合格は当然だった。

五人の男兄弟のうち二人は病没し、次兄と四男の私、年が離れた五男がいた。農林省の研究職員の兄は、病気で遅れて徴兵検査を同じときに受けた。

「戦局はきびしいようだ。親も老齢《とし》だから、俺たちのどちらかが生き残れるように考えよう。お前は海軍技術見習《みならい》尉官の受験資格がある。陸軍に入るより死亡率は低いと思うが、どうだろうか」

兄のこの言葉を受けて、初めて海軍を選択肢に加え、級友たちと相談した。陸軍で鉄カブトに背嚢《はいのう》、歩兵銃をかついで歩くよりも、スマートな服装の海軍がいい。技術士官なら戦闘しなくてすむ。「お前は身体が大きいから、陸軍に入れば砲兵だぞ」「重い部品を背負うんだ」と皆に言われていた私の心は、海軍へとなびいた。

海軍技術見習尉官の願書を出し、川西の面接から帰ってまもなく、受験通知が届いた。級友の草階《くさかい》健一、渡部勝亘《わたなべかつのぶ》、鈴木朝雄《あさお》、小鷹孝男の各君といっしょに、試験場に指定された目黒の海軍大学校へおもむく。彼らの三名は官庁に、一名は南洋興発に、すでに就職が決まっていた。

門を入り、桜が繁る広場で開始時間を待つ。この日は関東地区に制限しての試験だったのか、校内の広場に集まっていた受験者たちは数十人と思いのほか少なく、ほとんどが学生服姿である。

まだ三〇分ばかり間のあるころ、士官が一人やってきて樹木の下に立ち、「諸君、集まってくれ！」と大きな声で呼びかけた。彼が着ていた開襟の第三種軍装を私は見たことがなく、陸軍の人間かと思った。

「いま前線では、若手の飛行機搭乗員が不足して、非常に困っている。米国では大学、高専（高等専門学校）、さらには高等学校からの者までが、どんどん前線に出てきている状況なのだ」

演説調ではなく、落ち着いた語り口だった。

「諸君は理工系の学生で、技術士官を志願しているが、基礎学科を習得ずみなので搭乗員に適した条件を備えている。皆にお願いする。技術士官は、視力の弱い人、長男、一人っ子、妻帯者に任せて、そのほかの学生諸君は飛行機搭乗員に志願してくれ」

学生たちは黙って聞いていた。

「ただし航空戦は激烈で、搭乗員の生存率はゼロに近い。だから強制はしない。いまの戦況を考えて、ぜひ頼む。希望者は試験開始時間にここに集まってくれ。以上」

淡々とした話しぶりに、むしろ強い信念が感じられ、説得力があった。飛行機搭乗員がどんなものかは分からないが、私は心を動かされた。俺たちがやって何とかなるのなら、という気持ちである。近視で残念がる小鷹君を除いて、私をふくむ四人は搭乗員への応募を決め、技術見習尉官の試験を受けるのをやめて、その場で待っていた。

時間が来て、用意してあった幌《ほろ》付きトラックの荷台に乗りこんだ。全部で二〇〜三〇名か、満員状態である。トラックは走り出し、築地《つきじ》の海軍経理学校に到着した。

校内に入ってまもなく身体検査が始まり、続いて適性検査へと進んだ。

適性検査のうちで特に奇妙なものは、頭上に下がっているロープの端を片手でつかむテストである。直径五〜六センチの太いロープに跳びついて、ぶら下がる。利き手の右の場合は余裕があったが、左手は三秒ぎりぎりだった。友人三人は握力を鍛えた登山、鉄棒の達人だったので、問題なくパスできた。

飛行機乗りへの第一歩

ひととおりの検査を終えて解散。技術士官と飛行科士官の内容差は教えられなかった。解散ののち、四人で築地から有楽町駅まで雑談しながら、ぶらぶらと三〇～四〇分かけて歩いた。都電や自動車が走る銀座を、ながめるのは久しぶりだった。

帰宅後、飛行科志願は家族に言わなかった。母が戦死率の高さを心配するだろうし、兄弟のどちらもが生命を落とす可能性につながりかねないからだ。

一〇日ばかりたったころか、海軍省から封書が届いた。中の紙片に、技術士官ではなく「海軍予備学生（飛行専修）採用予定者」の通知があった。陸軍へ行かなくてすんでよかった、という思いが、まず湧《わ》いてきた。通知を見せると、予想にたがわず母はひどく悲しんで泣き、父は「そうか」と言っただけだが、心の内では困ったに違いない。兄も同じ気持ちだったろう。

級友三人もみな合格した。それぞれ長男か一人っ子だったから、私が実質次男のわが家はまだマシだったとも言える。

昭和18年（1943年）９月10日、東京・上野公園での壮行会で見送りを受ける。白だすきの４名が海軍への入隊者で、左から鈴木朝雄、草階健一、渡部勝亘、私・黒鳥四朗。

就職先の川西航空機へは、予備学生での海軍入隊を手紙で知らせた。折り返し「休職を命ず」の手紙が届いた。

高等農林の卒業式には、予備学生の服装に短剣を吊って出られる、との噂《うわさ》が流れたけれども、もちろん噂にすぎなかった。卒業式は九月二十日、海軍入隊の一〇日後に行なわれ、母が代理で卒業証書を受け取ったそうである。

入隊を前に、同級生、後輩たちとの別れの酒宴をそれぞれの家庭にふり分けて催した。わが家にも六〜七人がやってきて、酒と料理でもてなした。戦前のようなごちそうは無理でも、まずまずの皿が座敷に運ばれ、父の実家が米どころの新潟なので米飯も用意できた。酒も酌み交わすに足る量があったが、飲めない体質の私はもっぱら食べるほうへまわった。

昭和十八年九月十日が海軍すなわち土浦航空隊へ入隊の日である（技術見習尉官から飛行予備学生へスライドした者の入隊日。大多数の飛行予備学生の入隊は十三日」。この日の朝、常磐線始発の上野駅に隣接の上野公園は、壮行会の終点と言えた。寄せ書きの日の丸の襷《たすき》をかけた学生服姿の入隊者と、見送りの人々とでひどく混雑しており、あちこちでさまざまな校歌がわき上がった。

われわれ同級生四人も、親族、級友や後輩らおおぜいに見送られて汽車に乗りこんだ。うまく四人がけの席を占められ、雑談に興じた。「とにかく、やるぞ」の気持ちだった。

隊から派遣の者の案内で、土浦駅から土浦航空隊まで、霞ヶ浦沿いの六キロの道を、長い列をなして歩いた。やがて衛兵詰所と隊門が見えてきた。娑婆《しゃば》と軍隊、まったく異なる二つの世界を分ける門を、予備学生採用予定者たちは通っていく。

なにもかもが初体験

土空（土浦航空隊の略称）に着きはしたが、正式に入隊したわけではない。搭乗員予定者たりうる者をこれから選抜するのだから、あくまで仮入隊である。学生服やさまざまな私物はすぐに自宅へ返送され、事業服（白地の作業衣）、作業帽、下着、靴を与えられた。

半月の仮入隊のあいだに、あらためて飛行適性身体検査が実施された。一五種類もあったそうだが、いまも記憶しているのは視力と聴覚、肺活量、それに地上演習機《シミュレーター》を使っての操縦感覚・動作の検査だ。

仮分隊ごとに、姿勢、言葉、態度、服装、五分前精神、駆け足などの指導を受け、学生時代の自由気ままな習慣を徹底的に直された。

九月二十五日に分隊長から合格か否かが告げられた。幸い、私も三人の同級生も合格だった。飛行科不適とされた者は、学部や検査結果により飛行機整備予備学生、兵科予備学生の予定者にまわされ、一部は予備学生そのものを不合格にされた。

合格したわれわれは、仮分隊を解かれて新分隊に再編成され、冬装の第一種軍装、軍帽、短剣などを支給された。私は第十分隊で、分隊長は第四期予備学生の佐藤博大尉。続いて、九月三十日付で正式に海軍予備学生を命課され、四日後に入隊式が行なわれた。

第十、十一、十二、十三の四個分隊・八〇〇名は理工系の学生で、他分隊よりも訓練期間が短いむねを分隊長から聞かされた。前期学生という言葉はなかったように思う。

教員の下士官の案内で隊舎に入って「ここで寝なさい」と言われ、まず面食らった。それまで飛行予科練習生が使っていた建物内部はみごとに清潔だったが、寝具が吊床《つりどこ》、つまりたいていの学生が未経験のハンモックなのである。初日こそ教員が吊りと収納をやってみせてくれたが、二回目からは「吊床よし」の号令一下、各自でこなさねばならない。

中二階ほどの高さの収納場所から、太い棒状にまとめられた吊床を下ろし広げるのは、制限時間との闘いである。となりと隙間《すきま》なく吊り、慣れるまでは腰が沈んで痛くなるので、寝心地はよくなかった。

より難しいのは、起床後の括《くく》り方だ。毛布を中に巻きこむ吊床は、おいそれと固く真っすぐな形にまとまってはくれない。体力のない者にはつらい作業で、グニャッとなったのではやり直しである。教員はていねいに教えてくれたが、なかなかうまくならず、吊床をかついで室内を走る罰直を食う者もいた。

括り終えたら、収納場所に上がっている者へ投げわたす。重いから、ここでも力を要する。時間内に速《すみ》やかに仕上がるように、皆で助け合った。

移動はつねに駆け足、というのも辛かった。そして、名高い分隊対抗の棒倒し。

棒倒しは上半身裸でぶつかり合った。上背《うわぜい》がある私は棒を支える役が多く、蹴られ押しつぶされて身体にアザが絶えなかった。負ければ、往復ビンタの修正が待っていた。

土空の日常生活はひたすら空腹であった。食欲旺盛だったほかは、どんなものを食べたのかをほとんど覚えていない。ただ記憶にあるのは、週に一度出た、昼のパン食だ。

大きなヤカンには温かい甘い紅茶、食缶に満たされたシチュー、そして長い食パン。食事当番の学生が配食していくが、食パンを切るナイフがないため、手で割った。当然、断面に凹凸ができる。凹凸により量の多寡が生じるから、われわれは目を輝かして皿への配給を見つめた。また、食パンの両端のこげた部分は密度が高く、これも注目の的であった。

いちおう上級学校を出た若者たちが、パンのわずかな量の差に夢中になるのを、教員たちは笑いをこらえ、無言で見ていた。この昼食は本当に美味だったが、短時間で食べ終わってしまい、物足りなさがいつも残り、満腹感を味わった食後はなかった。

土空在隊中、たった一度だけの外出面会で、土浦公園でほおばった母のおはぎと、級友の父親が秋田から持ってきたリンゴの味は、いまも忘れていない。

不思議な検査として印象に残っているのは、整列して骨相、手相を見られたことである。その人物が、観相学の大家で航空本部嘱託の水野義人氏で、適性判別が目的と戦後に知ったが、近代的をもって旨とする海軍がなぜこんな検査を導入したのか、果たして判定は有効であったのか、いまもよく分からないでいる。

二ヵ月は無我夢中ですぎた。十一月二十七日に佐藤分隊長から専修術科の発表があった。「いまから呼ぶ者は操縦」。つぎつぎに読み上げられる名前に私は入っておらず、「偵察」に含まれていた。飛行機乗りは操縦員、とばかり思いこんでいたので、どういう区分なのかすぐには理解できなかった。

乗機の飛行針路を定めるのが偵察員の第一の役目と分かったとき、落胆せざるを得なかった。「どうして俺は操縦に向かないんだ？　運動もやっていたのに」。スポーツの苦手な者が、操縦専修の指名を受けているのが納得できなかった。

東京高等農林学校の四名は、操縦二名、偵察二名であった。もしも操縦専修コースへ進んだのなら、のちの激闘などには無縁だったに違いないが、それを知る由などあろうはずはなかった。

厚生労働省に現存する履歴副本には、十一月二十九日付で「第十三期飛行予備学生（二ヶ月教程）基礎教程終了」とあり、初めて「十三期」が公式書類に記載された。「（二ヶ月教程）」が、基礎教育期間を二分の一に短縮した、いわゆる前期組を意味し、理数系の科目を省略できる理系学科と師範学校の出身者が多かったようである。

偵察員の訓練、容易ならず

その履歴に記された十一月二十九日。東京高等農林出身の偵察組である鈴木君と私は、三重県の鈴鹿航空隊への配属を命じられた。誰もが各分隊長に見送られて、それぞれの指定の航空隊へ出発した。

東京で乗り換えまで時間があったので、鈴木君と濃紺の一種軍装の姿で府中の母校を訪問。教室に集まった林学科の後輩たちが、軍服姿をもの珍しげに見る。私は土空での生活や基礎学科の必要性を話し、鈴木君は「あとに続いて来いよ」と激励した。

のちの記録によると、偵察前期学生として鈴空へ転属したのは二八七名だそうだが、皆ばらばらで移動した。私はずっと鈴木君といっしょだった。名古屋から関急（現在の近鉄）に乗り、白子《しろこ》駅で下車。西方、畑のかなたに飛行場と施設があった。

鈴空の主要な任務は、予備学生と飛行練習生の偵察教育である。私が属した第二十二分隊は、大正十年に海軍に入った超ベテランの棗《なつめ》豊大尉が分隊長で、われわれの二期先輩の関和芳少尉が分隊士を務め教官を兼務した。多人数ですごした土空に比べて、実施部隊に近い感じを受けた。

鈴鹿航空隊で初めての外出は18年12月20日ごろ。家族と白子海岸で楽しいひとときをすごした。左から伯母フジ、母トシホ、濃紺の将校外套(コート)を着た私、兄の忠。

十二月から翌昭和十九年一月のあいだは、航法、通信の座学、海軍士官としての心得や態度、五分前精神の教育指導が中心に置かれていた。

外出が許可されるとの通知を受けたのは十二月。電報か速達かは覚えがないが、すぐに自宅へ連絡した。二十日ごろに母、兄、それに伯母がやってきて、白子の浜でうれしい心温まる時間をすごし、兄のカメラで記念のスナップを撮った。

鈴木君には母堂が面会にきた。五分隊の彼と言葉を交わしたのは、このときが最後になった〔昭和二十年四月二十四日、ルソン島クラーク山中で戦死。陸上爆撃機「銀河」の搭乗員だった第七六五《ななろくご》航空隊・攻撃第四〇一《よんまるいち》飛行隊からの転勤先不詳)。

　家族との楽しいひとときはたちまち過ぎて、ふたたび厳しい教育訓練の日々。「地上教育を充分に受けていないと、機上での訓練は困難だ。予習・復習をおこたるな。がんばれ!」と気合を入れられる。航法は最重要だがチンプンカンプンで、とりわけ六分儀を用いる天測は手に余った。

　二月に入って、機上訓練の予定が示された。搭乗する機種は九〇《きゅうまる》式機上作業練習機、二十日から開始とのことで、いよいよ空を飛ぶと思うと、みな緊張と喜びをかくせなかった。海軍の当時の使用機のうちで、最も前近代的なスタイルといわれる九〇機練は、鈴空に来て初めて見たが、このころは飛行機に目がなれず、さほどひどい格好とは思わなかった。

　忘れがたい光景を、目《ま》のあたりにしたのは二月十七日。これから搭乗する九〇機練を、駐機場《エプロン》で清掃しているときだった。飛行練習生が乗って訓練中の二機が正面衝突し、きりもみに陥《おちい》って伊勢湾に墜落した。ぶつかった音は聞こえず、反動で両機が離れ、落ちていくさまがよく見えた。教官の和田知足少尉をふくむ、搭乗の全員が殉職した。

　シュンとなったわれわれに、教官・関分隊士はその場で活を入れた。

「同期の彼は親友であった。残念だ。だが飛行機乗りは、いつ事故に遭《あ》うか分からない。お前たちも覚悟は充分にできていると思う。恐れるな。分かったか」

　こんな状況のもと、機上訓練が始まった。機練は単発だが、機内はかなり広い。一度に予備学生三～四名が乗りこんだ。二月の伊勢湾上空は、寒風吹きすさぶ荒天が続く。飛行作業の初日から乗機の揺れはひどかった。

操縦桿を握っていれば酔わないのは、自動車の運転時と同じである。しかしタクシーの後ろの席に座って新聞を読むと、酔ってしまう人が少なくない。荒天下の同乗者としての飛行作業が身体にもたらす影響は、その究極と思えるが、初日の写真銃を使っての射撃訓練で、緊張しているためか飛行機酔いで吐いた者はいなかった。私は以後も、どんな飛行にも酔わされた覚えがない。

九〇式機上作業練習機に乗って八九式活動写真銃をかまえる。飛行する目標機を追い、うまくフィルムに捕らえるのはなかなか難しかった。

射撃訓練といえば、曳航される吹流しを的に、飛行練習生が機練から撃った実弾が、予備学生が乗る別の機練に命中するアクシデントがあった。被弾箇所から潤滑油を噴いて黒く汚れた機は、着陸できて事なきを得たが、憤《いきどお》った教員が飛練の兵舎に怒鳴りこんだそうだ。

この機に同乗していた金澤久雄予備学生は、のちに第三〇二《さんまるふた》航空隊の「彗星」夜間戦闘機に乗って、B—29邀撃戦で大いに活躍する〔中芳光上等飛行兵曹とのペアで撃墜五機、撃破四機の合計戦果をあげる〕。

飛行作業では射撃のほか、航法、通信、爆撃、写真撮影を訓練した。あの穏やかならざる空で、よくもこなせたと今になって思う。

土浦と同じく、ここでも空腹続きだった。飛行作業が始まってからは朝食に生玉子が一個付いたが、腹の足しにはならなかった。

夜中、「なにか食べ物はないか」と同期生と尋ね合った。口に入れて噛めるものならなんでもいい。一人が「あったぞ」と持ってきたのは、保健薬『ワカモト』のビン。錠剤をみなに配り、ボリボリ噛み砕いた。奇妙な食感をいまだに思い出す。

一月末の夜、寝入っているところを起こされた。「おい、ミカンがあるぞ」

反射的にとび起きた。ミカンなど長らく食べたことがない。「どうやって手に入れた?」と聞いても「だいじょうぶ。食べろ」の返事だけである。リンゴ箱ほどの木箱に半分以上も入っている、大ぶりの温州《うんしゅう》ミカンを、五～六人が集まって夢中で食べ始めた。

入手先も、ばれたときのことも考えず、ひたすら食べ続ける。中の袋はもちろんのこと、外の皮もだいぶ食べたと思う。味わうゆとりなどなく、なるべく早く嚥下《えんか》し満腹になるよう努めた。

腹はふくれたが、そのあとが大変だった。空になった箱は、持ってきた者がどこかで始末した。ひと晩中、五分おきにトイレに駆けこむありさまで、まったく眠れない。翌日の座学は睡眠不足で、ほとんど頭に入らなかった。隠れ食いがばれはしないかと、内心ビクついていたが、何事もなかったのは幸いだった。

夜戦こそわが望み

鈴空での偵察員教育が終わりに近づいた昭和十九年三月、武運長久を祈願する伊勢神宮参拝が行なわれた。

旅行の途中で四日市港を見学。港内には軽巡洋艦「夕張」が停泊し、塗装作業中であった〔停泊は三月九〜十二日〕。軍艦を間近に見たのはこのときだけで、スマートな艦型に魅せられ、まもなく沈没の運命が待っていようとは〔四月二十七日、パラオ諸島南西で潜水艦の雷撃を受けた〕思いもよらなかった。

四月のなかば、教程終了後の希望機種を考えるように、と関分隊士から指示があった。偵察員を必要とする機種は、飛行艇、陸上攻撃機、艦上攻撃機、艦上爆撃機、水上偵察機など数多い。早い話が、艦上戦闘機、局地戦闘機、水上戦闘機といった単座戦闘機を除くすべての実用機に、偵察員は必須の存在だった。

飛行機に詳しくなくても、艦攻、艦爆、陸攻あたりは新聞報道や雑誌の記事で知っていた。関分隊士はそれぞれの機種を説明してくれたが、そのなかに夜間戦闘機があった。

「夜間戦闘機ってなんですか」とたずねる私に、分隊士は明快に答えた。「夜、爆撃に来た敵機を攻撃するんだよ」

たばこ盆など休憩の時間に、予備学生同士で興奮ぎみに希望機種を話し合った。勇ましい連中が狙っていたのは、攻撃力があって活動が華やかに思えた艦攻と艦爆。逆に偵察機は武器を持たず、地味な感じなので不人気だった。とにかく戦闘に参加し、役に立ちたい。「教官以外だ。実用機に乗れるなら、機種はなんでもいい」と思う者が、いちばん多かったのではなかろうか。

私は関分隊士に教えられて以来、夜間戦闘機に決めていた。夜戦に使われている飛行機の名前も、偵察員の具体的な任務も分からなかった。だが敵機を追い、攻撃できる機種で、偵察員が乗りこむのはこれしかないからである。「第一希望・夜戦、第二希望・夜戦」と書いて提出した。

いよいよ機種発表の日。広い部屋に集められたわれわれに、関分隊士から「陸攻、誰それ、○○空」というぐあいに、機種、姓名、部隊が告げられた。希望機種に名を呼ばれた者は、喜びで返事に力がこもる。

夜戦の番になった。仲がよかった土屋良夫〔昭和二十年四月七日に戦死。三〇二空・第二飛行隊「彗星」夜戦分隊〕、小林大二〔二十年八月二十二日、復員途中に殉職。一三一《いちさんいち》空・戦闘第八〇四飛行隊〕、鞭杲則《しげのり》〔戦闘八〇四で終戦〕、佐藤健〔三五二空・戦闘第九〇二飛行隊で終戦）たちは三〇二空への配属を言いわたされた。

自分の名が出なかったので、残念ながら他の機種か、それとも後輩の予学十四期か予科練出の飛行練習生の教官を命じられるのか、と落胆しかけたとき「夜戦、黒鳥四朗、横須賀空」の声が耳にひびいた。

一人だけでの配属に不安を感じたが、夜戦の指名だから良しとしなければなるまい。実施部隊に関する知識はまったくないので、関分隊士に「横須賀空とはどんな部隊ですか」とたずねた。

「横空は、海軍航空発祥の地で、新型機や航空兵器の実用実験を行なうところだ。搭乗員は優秀な者ばかりだぞ。がんばれよ」

分隊士の言葉は、私の気を重くした。新鋭機の実用テスト部隊など自分には無理に思えて「三〇二空に変更していただけませんか」と頼んだけれども、もちろん聞き入れられなかった。ただ勤務地が横須賀なら、外出で東京の自宅へ行けるだろうと思うと、いくらか心がなごんだ。

偵察要員の全教程を終了したわれわれは、五月十五日の午前、一種軍装を着て鈴空を退隊した。分隊士から教えられたとおり、名古屋駅前の帝国ホテル分館で、士官のタマゴらしく作法に気をつけて、同行の同期生たちとテーブルを占めて昼食をとる。その後、上りの東海道線の汽車に乗りこんだ。

第二章　横須賀航空隊における錬成

名門部隊にやってきた

横須賀市追浜《おっぱま》の横須賀航空基地に、どのように到着したのかよく覚えていない。横空から、差しまわしのバスに乗せられたのではないだろうか。

期待半分、不安半分で、同期生と隊門を通る。すれ違う隊内の人員に、准士官以上が多いのに驚いた。

既述のように、横空の夜戦隊への配属は私一人である。待っていた同期の飛行要務士が、夜戦隊待機所へ案内してくれた。十三期予学の搭乗要員の部隊配属は、われわれ前期組の偵察員が最も早いが、それ以前に、記録作製や事務を担当する地上勤務の飛行要務士が着任していた。

待機所へ歩いていく途中で、気のいい要務士が「あれが分隊長の山田大尉だよ」と言った。山田正治《まさはる》大尉は飛行機から降りて、歩いてくるところだった。

われわれが駆け寄ると、分隊長が足を止めた。

「黒鳥学生、着任しました。よろしくお願い致します」

硬くなってあいさつする私に、分隊長は笑顔で答えてくれた。

「黒鳥学生か。『黒い鳥』とは夜戦向きの名前だな。出身は東京か。体格がいいな。だいぶ太っているが、半年もたったら一〇キロはやせるぞ。まあ、がんばれ」

一七八センチの身長に八〇キロの体重は、確かに太りぎみだった。要務士に「山田大尉のようなすばらしい方は、横空でもなかなかいない。貴様、いい隊長のもとで勤務できて幸せだな」と言われ、いくらかホッとした。

追浜に集合した同期の偵察学生は、横空内の他の飛行隊や、ここで編成中の他部隊への配属者を合わせて、二〇～三〇名いたと思う。全員が庁舎（本部建物）前に集合し、副直将校、軍艦旗掲揚など初級士官の任務、隊内施設の位置などの説明を聞かされた。

いちばん注意すべきは、中尉、少尉が集う、ガンルームと呼ばれる第一士官次室のしきたりである。数年間にわたり海軍士官の心得を叩きこまれる兵学校出身士官と違い、にわか仕立ての予備学生には戸惑うことばかり。たとえばケップガン（ガンルームの最先任者）への挨拶、言葉づかい、態度など、任官前の躾《しつけ》としていろいろ教えを受けた。

本部の西側に建設された、木造の宿舎に寝泊まりするのだが、士官室の偉い人たち（大尉あるいは分隊長以上）から監視されているようで、落ち着かなかった。ガンルームでとる食事も、海兵出の士官の目が感じられ、そそくさと食べ終えた。風呂も最後に入るなど、毎日なにかと気苦労が多かった。

昭和十九年（一九四四年）五月三十一日、予備学生総員は本部前の朝礼台の前に集合を命じられ、主計大尉の庶務主任から少尉任官の辞令を、緊張で体がコチコチの私が代表で授けられた。士官としての注意事項を聞かされたのちに、解散。

横空の主計科から、任官時の品物の配給用紙がわたされた。軍帽、第二種軍装（夏の白服）、コート、防暑服、白短靴、長靴などである。また、ワイシャツなど日用品の購入が許可され、主計科員に購入用紙をわたして、横須賀の水交社でひととおり買ってきてもらう。支払いは、主計科が任官支給金として処理したと思う。

士官次室付の従兵はいなかったから、その後も買い物はすべて主計科の兵がやってくれた。当座のまにあわせの軍刀も頼んだ。水交社の売値が一〇〇円だったが、一度も抜きはしなかった。

黒鳥家の本家は代々、刀、鉄砲の鍛冶《かじ》であった。本家から譲り受けた、無銘だがなかなかの刀を、父が軍刀に仕立てさせたのを、秋に入ってから外出のおりに家に立ち寄り、もらってきた。

金筋だけの予備学生の襟章に、少尉の印の桜を一つ入れた。予備とはいえ士官に昇進したことに、うれしさと不安が入り混じり、なんとも言えない複雑な気持ちになった。

いやだったのは、ガンルームへ一人で出向いてケップガンに挨拶したときである。

「黒鳥学生、本日をもって少尉に任官いたしました。よろしくお願いします」

直立不動の姿勢で、大声を上げて申告した。室内に五～六名いた兵学校出の士官は主に、一ヵ月前に大尉に進級した第七十期生徒の出身者で、まもなく一次士官室へ移るはずの彼らは「なんだ、こいつは」という顔に冷笑を浮かべていた。たった八ヵ月の速成教育でわれわれが少尉に任じられたことが、意外であり面白くなかったのだろう。

横空のガンルーム士官は、恩賜《おんし》組をはじめ兵学校卒業時の成績優秀者が多いエリート集団で、プライドが高い。飛行一〇〇〇時間を超える大ベテランの特務士官たちとは部屋を分け、別の世界を作っていた。

ガンルームは食堂とは別に広い談話室があった。食後のひとときをガンルーム士官たちがブリッジや将棋を楽しみ、談笑する場所だった。当時は珍しかったピアノが一台置いてあり、ときおり軍服姿で弾《ひ》く者がいた。

私が任官したころのケップガンは明るい人がらの七十期の大尉で、一期下のほがらかな伯爵・龍田徳彦《のりひこ》中尉もいて、和《な》やかなふんいきのガンルームだった。龍田中尉は本人の意思で久邇宮《くにのみや》家から臣籍降下し、龍田伯爵家を創設した方である。皆から「殿下」と呼ばれ、将棋をさすときには周りに何人もが集まってきた。

ケップガンが七十期のときは、宴会があると「予備士官たちも出てこいよ。いっしょにやろう」と誘ってくれたが、七十一期、七十二期と若くなると大らかさが消えて、難クセをつける傾向が現われてくる。

食事は飛行服でとってはならず、上下とも正装に限定。正しい食卓マナーを用いる。あいさつの言葉づかいや動作などで絡《から》まれ、いやな思いを味わう不愉快な日々が続いた。私は夜戦隊の待機所へ逃げる対策を立てられたが、他部隊へ移動するためいったん横空に集められた同期生たちは、もっと不快な目にあったらしい。

ガンルーム士官の長髪は、本来は禁止だったようである。しかし兵学校出のなかには、髪を伸ばしている者もいた。そして「予備士官は長髪を禁止する」と言いわたされた。

ガンルームのトイレは水洗式だが、どんな造りだったか思い出せない。しかし、一度だけ見る機会があった士官室のトイレは、不思議に記憶に残っている。従兵がいて、すごく清潔で、全部が和式の水洗トイレだった。

初体験の料亭で

横須賀航空隊に夜間戦闘機分隊が新設されたのは昭和十九年一月一日で、昼間戦闘機を担当する第一飛行隊のうちの、第十三分隊として発足した。

分隊長は、これまでも戦闘機隊の分隊長を勤めていた、二座（複座）水上偵察機操縦員出身の山田大尉。准士官以上の分隊士は、市川通太郎《みちたろう》少尉と岩山孝飛行兵曹長の二人で、ともにラバウルでの夜間撃墜を経験した偵察員だった。

下士官のうちラバウル帰りは、操縦員が工藤重敏上飛曹と徳本正上飛曹、偵察員が川崎金次一飛曹。工藤上飛曹を筆頭に、三名とも夜間撃墜を果たしている。合わせて五名の夜戦経験者の着任は三月であった。

戦地経験者ではほかに、同じくラバウルの偵察機部隊で、偵察だった山崎静雄上飛曹がいた。

四月に操縦員の飯田保、吉川真、倉本十三《じゅうぞう》各一飛曹、岩本健六上等飛行兵、偵察員の深見一二《かずじ》、名和寛《ひろし》、藤村昌徳各一飛曹、富田俊喜二飛曹らが着任した。操縦員は陸上攻撃機など他の機種を専修した者たちで、夜戦搭乗員の訓練を受けるため横空に来たのである。

私はすでに述べたように、五月十五日付で横空・第十三分隊に配属され、三十一日に少尉に任官、予備士官として即日の充員召集を命じられ、横空の隊付《たいづき》、十三分隊の分隊士としてあらためて着任したかたちになった。

その当時は、市川、岩山両分隊士、工藤、徳本、川崎各兵曹のすばらしい戦歴など、知る機会がなかった。ただ、彼ら基幹搭乗員は私よりも年長で、さらに戦地勤務で苦労していたため、実年齢よりも上に見えた。なにをすればいいのか分からず困惑する私には、少尉の階級が重く感じられた。

任官の二日後、市川少尉と岩山飛曹長がお祝いに、横須賀の料亭に案内してくれた。彼らは飛行予科練習生出身の特務士官であったため、兵学校出身者が「レス」と呼んでよく利用する料亭とは別の、行きつけの店「政《まさ》」に上がった。こういう場所は初めてで、飲めない酒を飲んでダウンしてしまったが、二人の厚意はありがたかった。

それから数日して、山田分隊長から「今晩、初任士官教育をする。食後、私服を着用し、本部（庁舎）前に止まっているバスに乗って待つように」との指示があった。

軍帽をかぶり、第一種軍装の上に第二種将校雨衣（ハーフ・レインコート）を着て、少尉の襟章をのぞかせた私。夜戦隊待機所の横で。

夕食をすませて本部の前に出向き、バスの最後方の座席に座って待った。一人、二人と偉い人たちが乗りこんでくる。そのうちに山田分隊長が乗車し、続いてやってきた昼戦隊の同期の塚本祐造大尉と「きょうは初任士官教育か」「そうだ。今夜は教育だよ」と言葉を交わした。私はひどく緊張し、視線を合わせないように窓の外を見ていた。

水交社前で下車し、料亭街に入って「魚勝《うおかつ》」という大きな料理屋の前に来た。

「ここは飛行機乗りの士官が行くレスで、酒を飲むならここを使え。少尉の場合は、一人でなく仲間と飲みにいくんだ。そして二十三時三分の終電で必ず帰隊すること。芸者《エス》は呼んでも、泊《ストップ》まりはしてはならない。中尉になったら雑魚寝《ざこね》はいいが、それ以上は禁止。大尉になったらなにをしてもいい。ただし節度ある行動をするように」

街のなかを歩きながら説明を受け、「魚勝」の門が開いた夕方、店に入った。

「うちの坊やだ。よろしく頼む」

分隊長は私を仲居に紹介する。

「『魚勝』に世話になるときは、この仲居さんを通すように」

こう釘をさしてから「お前はきょうは隊に帰れ」と命じた。初任士官教育はこれで終了となった。

硫黄島進出のあとさき

山田分隊長はとても多忙で、市川分隊士に訓練の指示を任せると、横須賀鎮守府へ会議に出向いたり、またときには夜間戦闘機「月光」に一人乗って、同じ神奈川県内の厚木基地へ飛び、第三〇二航空隊司令の小園安名《こぞのやすな》中佐に夜戦の相談で会っていた。小園司令は斜め銃の発案者で、これを装備した「月光」を指揮し、ラバウルで戦果をあげた、と聞いたことがあった。

マリアナ諸島サイパン島に米軍が上陸したのは昭和十九年六月十五日である。サイパン島を含むマリアナ周辺の作戦に応じるべく、横空の各飛行隊の硫黄島進出が決定。わが十三分隊の夜戦も例外ではなかった。

山田分隊長は夜戦に関する各種の実験計画をいちおう中断し、進出準備にかかる。分隊長指揮の硫黄島進出組は、市川少尉、山崎上飛曹、徳本上飛曹のラバウル帰り三名のほか、一年以上の飛行実績を有する第十五～第十六期乙種飛行予科練習生出身の倉本、飯田、吉川、深見、塚越茂登夫各一飛曹が主体の若手を加えた、合計一二名。「月光」五～六機の出動準備に、整備分隊は多忙をきわめた。

硫黄島へは自分も行くものと思い、洋上航法に自信がなく不安を覚えたが、残留を命じられ、いくぶんホッとした。

六月中旬から梅雨前線が停滞しており、二十三日は天候不良で全機が引き返してきた。機内燃料満載、全弾装備のうえ、増槽二個を主翼下に付け、整備員を機内に入れた、ひどい過荷重状態だったので、操縦員は着陸にずいぶん神経を使ったことであろう。

二日後の二十五日も空模様はあまりよくなかったが、硫黄島へ再出発。五機が無事到着の知らせが届いて、ひと安心した。

横須賀の空はあい変わらず不良で、飛行作業には適さなかった。こんなとき新米少尉がなにをしたらいいのか分からない。室内で座学にかかろうにも、ベテラン搭乗員がいることだし、私の知識が役に立つはずもない。

隊長の不在が気のゆるみにつながったのは事実だろう。格納庫でバレーボールに興じたり、雑談しながらのんびり食事をとったり、外出したりで、まったくだらしのない生活を続けた。岩山分隊士も工藤先任下士官も、自分からラバウル時代の話をしたことがない。少なくとも私の耳には入らなかった。皆タバコが好きで、うまそうにふかしながら、適当な雑談に終始するのが常であった。

一方、硫黄島では夜間の対潜哨戒が、主な任務だったそうだ。七月三日と四日、敵機動部隊が放った艦上機の空襲で、零戦がほとんど全滅したが、「月光」は修理可能な状態で残っていた。

攻撃を受けたときのようすを、山崎上飛曹が帰還後に話してくれた。

「七月三日に見張りをしていたら、西の海に艦隊が見えたんです。連合艦隊が助けにきてくれたぞ、と側にいた部下に知らせました。東の海上からも艦隊が近づきます。そのうちに互いに砲撃を始めたんで、いよいよ日米の海戦だと見張りの高台から眺めていたら、着弾が島に集まってくるじゃないですか。両方とも敵だったんですよ。こりゃ大変だと近くの洞窟にとびこんだ。艦砲射撃は本当に恐ろしい。合間をみては場所を移して逃げまわりました。ようやく砲撃が終わって海岸に出てみると、不発弾がごろごろ転がっていました」

「月光」が木更津経由で横須賀に帰ってきたのは七月六日である。みな疲れていて、隊にもどれて一安心というようすだった。

ところが、ふだん温厚な山田分隊長が、怒りを顔に出して声荒くどなった。

「お前たちは何をしていたのだ！　その態度はなんだ！　本土近くに米軍が来ている状況だぞ」

場所は、「夜戦隊搭乗員待機所」の看板をかかげ、夜戦乗りたちの控所《ひかえじょ》になっている二階建物の前。いきどおりの主な対象は、留守を預かる分隊士の私と岩山飛曹長だった。機関学校出身の整備士官、相沢克美《かつみ》少尉もいっしょだったかも知れない。残留しているあいだ、私たちがのんびりサボっていたのを感じたのだろう。

分隊長は兵学校を終えて少尉に任官し、実施部隊へ出るまでにいろいろ勉強し、考え、努力されたと思う。自分の経験から、促成訓練を受けただけの新米予備士官ではあっても、いちおう階級だけは上の立場で、いかに努力し、どんな仕事をするか、またいくばくかの精神的向上をみせるのではないか、との期待を、私は裏切ったのである。

本当に申しわけない気持ちになったが、半面、どうすればよかったのか分からなかった。知識と経験がなければ何もできない現実に、このさき勤務を続けられるか不安を感じて落ちこんだ。

数日後、山田分隊長が「いまから試験飛行をやる。黒鳥少尉、後席に乗れ」と命令した。天候は晴れ、まっ白な積乱雲が箱根山の方に湧いていた。「月光」に搭乗するのは初めてであった。

「出発する」「はいっ」。すぐに離陸に移る。このあと分隊長は無言。高度をとって、急上昇から急降下へ。左右へ急旋回。偵察席で横倒しに押し付けられる。続いてまた急上昇が始まり、Gがかかって身体を起こせない。「月光」はすごい飛行機だ。

ようやく分隊長の声が聞こえた。

「積乱雲のあいだを飛ぶぞ。この雲の中に入ったら空中分解する。覚えておけ」

注意を与えて、雲の壁をすり抜ける。それから急降下。高度一〇〇メートルの低空飛行で江ノ島海岸を航過し、横須賀基地に帰ってきた。

「どうだ、気持ちよかったか」

機から降りた分隊長の笑顔に、手荒い飛行で振りまわされた私は「ありがとうございました」と返事するのがやっとだった。分隊長との同乗は、これが最初で最後のただ一回になろうとは、このとき知るはずはなかった。暖かい活を入れてもらい、頑張らなければいけないと痛感した。

事故遺体を検死する

夜戦分隊の訓練が本格的に始まった。山田大尉から「東京者同士だから、倉本とペアを組め」と命じられた。

私と倉本一飛曹のペアは、後部胴体に段がついた「月光」一一型の前期生産機に搭乗し、昼間の訓練にかかった。まずは互いの意思の確認、疎通が主目的である。倉本一飛曹の操縦技術は見事で、新米偵察員の私も安心して訓練に集中できた。二人が東京出身なのは、プラスに作用したと思う。

倉本と同期の操縦員二人とも、なんどか昼間訓練で同乗した。飯田一飛曹は無口で、冷静な判断力を備えた優秀な操縦員〔第三五二航空隊へ転勤。昭和二十年七月二十六日に戦死〕、倉本に似たタイプの吉川一飛曹は器用に飛行をこなした〔戦闘第八五一飛行隊へ転勤。昭和十九年十二月二十七日に戦死〕。

山田分隊長はその後も、訓練の指揮を市川分隊士にまかせて、横須賀鎮守府や厚木基地の三〇二空へ出かけることが多かった。

七月十四日、ラバウル帰りの岩山飛曹長の指導により、私と倉本一飛曹のペアに初めて、接敵・攻撃法を習う許可が出た。市川分隊士の説明を受け、岩山分隊士と細かな打ち合わせを行なう。この間に倉本一飛曹と黒川一行上飛は先に出て、それぞれの「月光」の試運転を進めた。

岩山分隊士に「よろしく願います」とあいさつして指揮所を出、「月光」へ向かおうとしたとき、「タバコをお持ちですか」と聞かれた。どうぞ、と手わたした「桜」の袋から、岩山分隊士は一本を抜いてうまそうに吸った。歩きながら「お先に。相模湾上空で待ってます」と言って別れ、搭乗した。

「出発準備よし」。伝声管から倉本一飛曹の報告が聞こえる。「出発」。左右両方の「栄」エンジンのスロットルを全開した乗機は、滑走に移ってどんどん速度を上げていく。海岸側から山の手方向へ離陸。三浦半島の山なみの中腹から上には、モヤがかかっていた。

相模湾上空に達した。打ち合わせどおり、旋回、待機する。攻撃役の岩山機がどの方角から襲ってくるか、上下、四周を見まわして警戒しつつ、一〇分以上待っていた。しかし岩山機は姿を現わさなかった。

無線機に地上からの電信が入った。「訓練中止。すぐ帰れ」である。倉本一飛曹に伝えると、横須賀へ機首を向けた。中止の理由は分からず、岩山機が故障して出られなかったからか、と二人とも思っていた。

帰投してみると、なにか隊のようすがおかしい。整備員に「どうした?」とたずねる。

「はい、岩山分隊士の機が山に落ちたらしいんです」

胴体の上下から20ミリ斜め銃２梃ずつを突き出した横須賀航空隊所属の「月光」一一型。後部胴体に段がついた前期生産機で、のちに除籍される。

指揮所の中には山田大尉がいた。

「事故現場へ行きます」と私。

「お前は残れ。市川分隊士、整備分隊と連絡、救援隊を編成し、ただちに現場へ直行せよ」

分隊長はこう言うと、本部へ走っていった。

指揮所で情報を待つ。整備員たちの話では、岩山機がモヤの中に入ってすぐにドーンと音がしたそうだ。しばらくして、三浦半島の山でなにかが燃えている、との通知がもたらされたという。

なすべき作業を思いつかない。時間だけが経っていく。昼食など食べる気がしなかった。

やがて救援隊が帰ってきた。岩山分隊士、黒川上飛は殉職したと聞かされた。何時間か前まで元気で、別れぎわに美味そうに一服していた分隊士の顔や姿を思い出し、彼がもういないとは信じられず、人の生命のはかなさに茫然《ぼうぜん》となった。

午後二時すぎ、山田分隊長に呼ばれる。

「黒鳥少尉、両名の遺体は収容し、医務室に安置してある。私は書類作製で手が離せないから、君が行って検死をしてくれ」

命じられたとおり医務室に行き、医務科のベテラン下士官に案内されて一室に入った。とたんに、肉が焼け焦げた異様な臭気にみまわれた。

二つの担架にはそれぞれ三枚ほど毛布が敷かれ、一体ずつ遺体が載せられていた。どちらもアゴから上がなく、人相による識別は不能である。損傷が激しい焼死体を初めて見て、冷静さを取りもどすまでに少し時間がかかった。岩山分隊士は指導担当、黒川上飛は同僚なのだと自分に言い聞かせ、検死を始める。

損傷がいくらか少ないほうの遺体から先に調べた。右足に残る赤茶色の飛行靴の、ゴム底が口を開けて、そこから焼けていない足先が見え、水虫の患部が分かった。後頭部の一部が焼け残り、長髪が少し残っていた。

岩山分隊士がラバウルから持ってきた水虫に悩まされていたこと、頭髪を伸ばしていたことの二点と合致し、確認できたため、もう一体を黒川上飛と特定し、書類に書きこんだ。

医務科下士官からテキパキ命令された部下たちは、遺体を板の上に移し、大量の綿で人間の姿をみごとに作ると、ちょうどミイラのように白布で全身を巻き上げていく。その手なれた作業に感服させられた。

医務科の部屋にどのくらいいたのか覚えていないが、分隊長に報告して指揮所にもどってからも、臭気が飛行服から消えなかった。その後一〇日間ほどは、肉や魚は食べられなかった。

殉職により進級した岩山少尉と黒川飛行兵長の葬儀は、分隊葬で行なわれ、それぞれ熊本と秋田から両親が来隊した。黒川飛長の親御さんから「息子はどんなふうに死にましたか」と尋ねられ、むごい事実は話せないので「眠るように亡くなりました」と答えた。葬儀後に、山田分隊長以下七名が加わって写真を撮影した。

横空の庁舎内で催された、岩山孝飛行兵曹長、黒川一行上等飛行兵（階級は殉職時）の分隊葬の参列者。前列は左から岩山飛曹長両親、分隊長・山田正治大尉、黒川飛長遺族２名。後列は左から飛曹長同期生、私、市川通太郎少尉、山崎静雄上飛曹、工藤重敏上飛曹、岩本健六飛長。

写真といえば、六月のなかごろ山田分隊長に願い出て、カメラの所持と使用の許可を得ていた。南方で戦ってきた市川分隊士、工藤上飛曹、徳本上飛曹、川崎一飛曹たちは、荷物を戦地に置いたままらしく写真一枚ない、と聞いていた。私の家にはカメラ、フィルムがあったので、それで彼らの写真を撮ろうと思ったからだ。

葬儀の集合写真のあとで分隊長が「久しぶりに二種軍装だから、写真を写してくれ。ナイスに撮れよ」と語りかけた言葉が、いまも耳に残る。市川少尉も同じ二種軍装の姿を写した。

葬儀の翌日、ふたたび分隊長が私を指揮所に呼んだ。岩山機の無線機に付いた水晶発振器が見つからないから、墜落現場で捜索の指揮をとれ、との命令である。周波数を制御する水晶片は機密で、敵手にわたさず確実に処分せよとの強い規定があった。ただちに整備員を集め、トラックで現場へ向かう。

杉山の尾根近くまで登ると、杉の木の上方二分の一～三分の一が切断され、山腹に直径八メートル以上、深さ四～五メートルの大穴があいており、墜落激突の衝撃のすごさをまざまざと見せつけられた。

全員で穴の中を調べたが、肝心の水晶片は探し出せなかった。頭皮の一部など遺体の残りが見つかり、搭乗員ならいつかこういう事態にいたるかと、新人なりに覚悟を決め、合わせて慎重に行動せねばと気持ちを新たにした。

零戦と「雷電」の着陸事故

岩山ペアの殉職事故の前後、十九年七～八月に私は横空で、二つの着陸事故を目の当《ま》たりにしている。

海側から入ってきた零戦の、進入高度が高かった。指揮所の前から見ていて「滑走路をオーバーランしてしまうぞ」と思ったとき、三〇メートルほどの高度の同機が機首を起こし、上昇姿勢をとった。

こんな地表近くでは厳禁の操作だが、狭い横空は滑走路の先がオープンではないため、機を施設にぶつける恐れがあり、練度の浅さからあわてて無理をしたのではないだろうか。

「噴《ふ》かせ、噴かせっ」と心のなかで叫んだ。

機首が上がったと同時に零戦は失速し、滑走路の先の、拡張工事中の埋立地に突っこんだ。まだ海水が残って沼地状を呈していたので、水柱が上がる。整備員たちと先を争うように、私は現場へ走った。

埋立地にいちばん先に入って零戦に近づく。空中で姿勢をくずして落ちたため主翼と後部胴体はちぎれとび、可動風防はなくなって、鬼気迫る感じがした。火は出ていない。搭乗員は操縦席に座ったまま前のめりの状態で、特にめだった外傷はないが、生きていないように思われた。やってきた兵員に「収容しろ」と命じると、すぐに席から身体を引き出しにかかる。医務室の救急車も到着した。

あとで戦闘機隊から話が伝わって、操縦していたのは同期の中野勤少尉で、重傷ながら生命に別状なしと分かった。中野少尉とはまったく面識がなかったが、最初の目撃事故が同期生であったことに驚かされた。その後、大村空へ転勤したと聞いている〔二〇三空・戦闘第三〇九飛行隊で終戦〕。

二番目の目撃事故も、海側からの着陸時に起きた。

キーンという独特な音〔エンジンの前面に置かれた強制冷却ファンが高速回転して発する、特有の金属音〕とともに、ずんぐりした形の局地戦闘機「雷電」が、ふだんよりも高速で降りてきた。しかし接地へのコースが滑走路からはずれて、野島《のじま》と滑走路とのあいだにいくつか築かれていた、コンクリート製の掩体壕《えんたいごう》に激突、炎上した。

山田分隊長がまず指揮所をとび出し、「みな来いっ」の言葉で私たち隊員も消火器を手に、墜落現場へ駆けていく。消防車が発車し、急行する。ところが主翼内の多数の二〇ミリ弾が火炎にあぶられて破裂し、周囲に飛び散って接近をはばんだ。身体に当たれば、逆に落命しかねない。救助隊員は地に伏せ、私も近寄れず、燃え続ける「雷電」を傍観するしかなかった。

助ける手だてはまったくなく、搭乗員は殉職した。あるいは墜落激突時に即死していたかも知れない。このときは私は遺体の状態を見ていない。

発生の瞬間とすさまじい現場をつぶさに視認した両殉職事故は、衝撃的な記憶となって脳裡《のうり》にきざまれた。その後一年近くは、同類の経験をしないですぎていく。

新夜戦には「彗星」を

ペア間の信頼を高めるのを主目的に、連日の飛行訓練に励んでいた八月の初めごろ、山田分隊長から「倉本と、中島飛行機の小泉工場へ『月光』を受け取りに行け」と命じられた。他隊へわたすなどで減った機材を、補充するためである。これまた初めての任務なので、市川分隊士に相談し、方法を教えてもらった。

ガンルームで兵学校出のケップガンに「中島飛行機へ『月光』を受領に行きます」と申告する。任官後まもない予備士官には相応ならざる役目に、彼は「お前が行くのか」と揶揄《やゆ》まじりの軽い驚きの声を発した。

整備分隊に連絡し、群馬県出身のベテラン下士官三〜四名を選んで、一日前に公用外出をさせる。彼らは汽車で先発して、郷里に一泊。翌日に小泉製作所に来ればいいので、いかにも嬉しげに出発していった。

私と倉本一飛曹は横空陸攻隊（第三飛行隊）の九六陸攻に便乗した。機長の飛曹長にあいさつし、主操縦席の後ろの指揮官席に座った。大型機は初めてである。穏やかな好天で機は揺れず、高度一五〇〇メートルから下界の美しさを楽しみ、快適な飛行を堪能《たんのう》した。

小泉製作所の付属飛行場に着陸する。おりしも試飛行中の「月光」が横空への割り当て機

倉本一飛曹とともに中島・小泉製作所から空輸してきた「月光」一一甲型の試作機。20ミリ斜め銃は下方銃が外されて上方銃３梃だけに変わり、機首からレーダーアンテナの支柱４本が突き出す。胴体下面の中央部から出たアンテナは誘導用電波発信機のもの。垂直尾翼下面の尾そりはのちに除去された。このヨ-101号機が敗戦の日まで私たちの乗機になった。

であった。先着の整備員が入念な点検を終えて、倉本兵曹の操縦による試飛行は行なわなかった。受領の手続きをすませ、その日のうちにわれわれが横空に持ち帰った。

この機はすぐに横空審査部に、さらに隣接する航空技術廠へと移されて、各部の改修が始まった。

集合排気管を増速のロケット効果がある単排気管に変更。機首の先端と下面の明かり窓をふさいで、電探（電波探信儀の略称。すなわちレーダー）と八木式アンテナを装着。斜め銃装備の二〇ミリ機銃二梃にもう一梃を追加、誘導用電波発信機の取り付け、偵察席を改造しレーダー表示器を付加といった、夜戦としての性能強化策がほどこされた。

このころ山田分隊長は指揮所にあまり姿を見せず、生産終了が近い「月光」に代わる夜戦候

山田分隊長が第十一航空廠から運んだ艦上爆撃機「彗星」一二型に、ベルト給弾式の九九式二号20ミリ機銃四型１梃を斜め銃として付加した夜間戦闘機。「彗星」一二戊型夜戦の試作機であり、生産機では最後部の風防が金属外板に変わる。垂直尾翼に赤色で書かれた記号はヨ-154。「月光」にくらべて速度と機動力は優れるが、火力がかなり劣るのが難点だった。

補の機種選定のため、各方面へ奔走《ほんそう》していた。

ある日、突然に指揮所に現われ「いまから岩国へ行ってくる」と告げ、他飛行隊の機で出かけた。その日の午後になって、着陸した艦上爆撃機「彗星《すいせい》」から分隊長が降りてくるのが、指揮所の二階から見えたので、出迎えに飛行場へ行った。

「『彗星』は速いぞ。岩国から横空まで一時間二〇分で来た。これは夜戦に使える。審査部に引きわたすんだ」

分隊長は喜んでいた。今回の平均速度は巡航の二割増しの二八〇ノット（時速五二〇キロ）ほどになる勘定だ。どのくらいの速さで飛べるのか試したのだろう。

航空技術廠の飛行実験部を改編した審査部は、横空の一部門で、性能テストを担当する。ここのチェックを終えた機材をわれわれが受け取り、実用テストを行なうのだ。山口県の岩国基地から「彗星」を持ってきたのは、近くの呉市の第十一航空廠で作っていたからである。

横空艦爆隊〔第二飛行隊に含まれる〕の「彗星」はなんども遠目に見たが、すぐそばに近づいたのは初めてだった。分隊員が入れかわり機内に入ってみる。大がらな私には座席が狭かった。

その後、偵察席の後ろに二〇ミリ機銃一梃を取り付け、全体を暗緑色に塗った夜戦型に改造された。私と倉本一飛曹が運んできて付加装備をほどこした「月光」とともに、私が責任者になって写真班が撮影し、二〇枚ずつ焼き増しを作製、関係部署に配布した。

「新司偵という、高速のすばらしい飛行機がある。夜戦に向いているから、陸海軍共用でやってみたい」

分隊長はこう言って、陸軍の双発の百式司令部偵察機をほめていた。偵察機は速く飛べても機体構造が弱く、戦闘機のような急激な機動は困難なのだが、この当時は百式司偵の長所、短所を私は知らなかった。

陸軍から訪れたつわものたち

昭和十九年の八月下旬のことである。山田分隊長から「北九州防空部隊でB－29を撃墜し

横空に来隊した飛行第４戦隊の面々と、格納庫の横に集まって記念の撮影。前列左から深見一二一飛曹、倉本十三一飛曹、４戦隊員、飯田保一飛曹、４戦隊員。中列左から工藤重敏上飛曹、木村定光准尉、市川通太郎少尉、樫出勇中尉、内田実曹長、４戦隊員。後列左から４戦隊員、山崎静雄上飛曹、津田曹長、川崎金次一飛曹、４戦隊員、徳本正上飛曹。

た陸軍の搭乗員が、横空に来るから、よろしく頼む」と言われた。

まもなく彼らはやってきた。市川分隊士をはじめ夜戦隊の搭乗員〔陸軍では空中勤務者と呼称する〕は、操縦者の樫出《かしいで》勇中尉、木村定光准尉、内田実曹長をふくむ、陸軍飛行第四戦隊員一〇名と指揮所で会って、あいさつを交わしたのち、彼らの二式複座戦闘機「屠《と》龍《りゅう》」を見学した。三機の二式複戦に整備兵たちが取り付いて作業中だった。この機も双発だが「月光」よりひとまわり小型で、いかにも速そうな感じを受けた。

陸軍の操縦者は坊主頭で長靴をはき、長袖の白シャツ姿。小柄な樫出中尉は叩き上げの印象で、にこにこしていた。木村准尉は体格がよく、背丈が工藤上飛曹と似ていたから一七二〜三センチか。よその組織に来たからだろう、遠慮がちなようすだったが、明るい性格に思えた。

彼らはすでに、北九州上空でのB-29邀撃戦に出動していた。陸軍の下士官から、樫出中尉と木村准尉は複数機を撃墜したと聞かされ、「すごい人たちだな」と思った。内田曹長も撃墜経験者だった。彼らとはしばしば日常の会話を交わしたが、私には実戦談をまったく話さなかった。市川分隊士、工藤、徳本上飛曹、川崎一飛曹はラバウル、ソロモンでの撃墜経験があるからだろう、熱心に語り合っていたようである。

一ヵ月近い横空滞在のあいだ、樫出中尉と木村准尉は第二士官次室、内田曹長は夜戦隊搭乗員室、整備の下士官兵は横空整備員室で食事、宿泊をしていた。彼らの横空での目的は、夜間戦闘の考察、飛行機や電探（陸軍では電波標定機と呼称する）など機器材の調査・研究にあったのではないか。私とはそうした日常の作業上の接触はほとんどなく、食事をともにしたこともなかった。

彼らは横空に来て、同じ航空部隊でありながら規則や習慣の点で、陸軍との大きな違いをいくつも味わったようである。

まず食事。海軍は副食が多く、おいしい。搭乗員の主食は白米（陸軍も空中勤務者は白米が主体）で、航空糧食が多種類である。

毎日のように多くの横空隊員が、三種軍装のまま外出していくこと。陸軍では外出はなかなか難しい。出かけるときは足に巻き脚絆《ゲートル》を巻き（下士官兵の場合）、鉄カブトを背負った姿に変わる。

これは実際に起きたことだが、陸軍の整備兵が上半身裸で作業中、横空の当直士官に「その姿はいかん。作業衣を着るように」と注意され、樫出中尉に報告にきた。中尉は、意外という表情で「陸軍では当たり前のことなのに、海軍はきびしいですね」と語りかけた。ちょうどカメラを持っていたので、陸海夜戦隊員の集合写真を撮ったが、確かに陸軍の整備兵が裸で写っている。

私も彼らとやりとりするうちに、初めて海軍と陸軍の規則の違いに気づかされた。

たくまざる人格者、山田大尉

横空・夜戦分隊の主だったメンバーの、ひととなりやエピソードを述べてみよう。

中心人物である分隊長の山田正治大尉は、東京府立第四中学校の四年生で海軍兵学校に合格し、第六十六期生徒を昭和十三年（一九三八年）に卒業ののち、飛行学生へ進んだ。二座（複座）水上機の操縦を専修し、終了後は零式観測機に乗ってラバウル方面で作戦任務に従事する。

戦後にご家族からうかがった話では、父君の山田省三大佐〔海兵三十七期。昭和十年に予備役編入。十七年に応召〕が輸送船の指揮をとっていた十八年十二月ごろ、ラバウル近海で爆撃を受けて船が沈没し、山田大佐は重傷を負った。

現地の病院に収容された大佐を見舞った山田大尉は、横空への転勤が決まっていたので、ひとあし先に内地へ帰ると伝えたそうである。大佐はやがて転院したが、結局このときの見舞いが父子の最後の対面になったとのことだ。

ほがらかで部下に慕われた大尉は、私にとって忘れられない人で、さまざまな思い出がある。

少尉に任官した私は、下士官兵の対応が予備学生のときとはずいぶん違っているのに気付き、階級社会の実情を強く感じた。人生経験の浅い若者ゆえに、このことが知らぬまに高慢さにつながってしまった。

隊内での行動に規制は少なく、外出も自由にできた。

山田分隊長の初任士官教育で指定された料亭「魚勝」へ、整備の吉田久生《ひさお》少尉たちと飲みにいき、持ち合わせが足りず、借用にして帰隊したことがあった。飛行作業が続いたため、つぎに出向いたのは一ヵ月後で、前回の分の支払いも申し出たところ、仲居に「山田隊長さんからいただいています」と言われた。

それまで分隊長からはなにも話がなかったから、表現しようのない気持ちだった。翌日、夕食をすませてから士官私室を訪ね、立て替えのお礼とお詫びを述べて、代金を受け取ってもらった。

「まことに申しわけありませんでした。が、どうしてすぐお知らせいただけなかったのでしょうか」

「搭乗員はいつ死ぬか分からない。身のまわりは、つねに整理しておかなくてはいけない。特に、料亭など部外者に迷惑をかけないことだ。分隊長なら、部下についても配慮する必要がある。今回の件は偶然に知ったので、私が支払った。海軍士官、飛行機乗りの常識だから、よく覚えておくように」

夏衣の第二種軍装の理想的な指揮官・山田正治大尉。岩山―黒川ペアの葬儀のあとで私が写したもの。

これも分隊長の初任士官教育なんだ、と強く感じ、肝に銘じた。分隊の若年新米士官は私だけだったので、特に気をつかってもらったように思う。

外出時には中野の家に帰ることにしていた。履歴書と私の説明でわが家の家族構成を知る分隊長は、自分の家族についても「家は（東京の）大森にある。母と、姉二人、妹が一人の四人だ。

姉妹は私に似て美人ぞろいだぞ。いちど遊びにいってくれ」と話した。そう言われても、分隊長のお宅を一人でたずねるのは気が引け、遠慮したままになってしまった。

義兄の葬儀というまったく個人的なことでも、大変お世話になった。

北海道電力の技師だった姉の夫は再応召で、大陸・上海で歩哨に立っているとき狙撃されて戦死した。遺骨と遺品が十九年の十二月初めに、部隊の原駐地の静岡に持ち帰られた。それらの引きわたし通知を受け、わが家で葬儀を行なうことになり、山田分隊長に外出を申し出た。

分隊長は「それはお気の毒だった」と驚き、姉夫婦の子供の有無をたずねてくれた。

「葬儀用の写真がいるな。軍隊のときに写したものはないか」

「入隊時の集合写真が一枚あるだけです」

「いまから家に帰って、その写真を俺のところに持ってこい」

続いて、私室にあったウイスキー、パイナップルの缶詰、菓子類を鞄《かばん》に詰めて「これを仏さんに供えてくれ」と差し出した。

分隊長の厚意をありがたく受け、自分に割り当ての清酒や航空糧食の甘味品も加えて、自宅へ持っていった。横空にもどったときには、だいぶ遅くなっていたが、義兄の入隊写真を手わたした。「よし、葬儀に間に合うように遺影を作るから」と分隊長は部屋を出ていった。

翌日の朝食後、黒枠の額に入った義兄の写真を、写真科の下士官が持ってきた。直接届けるように山田分隊長から言われたとのことで、集合写真の小さな顔から作ったとは思えない、りっぱな出来ばえであった。

写真科のトップを兼ねる分隊長は、身体をこわして飛行作業から遠ざかっていた搭乗員出身者である。同期の山田分隊長が、特急仕上げを頼んでくれたに違いない。

遺影を携えて、すぐ横須賀線で大船駅へ出向いた。義兄の遺骨を、妻である姉と、付き添いの兄とが静岡で受け取り、東海道線で大船に着いたところへ、私が乗りこむ約束だった。

昼すぎ、その列車が大船駅に到着したとき、警戒警報のサイレンが鳴りひびいた。列車は出発を見合わせ、乗客に一時退避するよう駅員がさけぶ。横空で今日は空襲がないのを確認しており、これは誤報と判断できた。客車から出てきた姉たちに「だいじょうぶ、落ち着いて。警報は解除になるから」と話し、動揺をしずめた。

まもなく警報が解かれ、列車は動き出した。姉は分隊長の厚意に感謝して、遺影を受け取った。白布に包まれた遺骨と、濃紺の一種軍装の海軍士官との取り合わせに、周囲の乗客が珍しげに視線を向けてきた。

祭壇に飾られた額装の大判の遺影、ウイスキーや缶詰などの供え物は、もはや民間では入手不能の品々である。葬儀に参列した親戚の人々で、分隊長の配慮に感銘を受けない者はいなかった。

市川少尉から受けた海軍教育

夜戦分隊で山田大尉につぐ先任者は、第四期乙種飛行予科練習生出身の市川通太郎少尉。艦爆、艦攻の偵察席に乗って日華事変を戦い、ラバウルでは夜戦搭乗員の草分けの一人として活躍した。昭和十九年秋の時点で、まる八年の飛行キャリアを有する大ベテランで、横空に夜戦分隊を新設するにさいし、山田分隊長が最も信頼して迎えた人である。

穏やかで思慮ぶかいが、ときには皆を笑わせるユーモア感覚を持ち合わせる、兄貴のような存在だった。偉ぶることはいっさいなく、大陸、南方での戦果や苦労話を聞かされた覚えがない。

待機所で雑談していたとき、ガンルームでの生活は兵学校出身者になにかと気をつかわねばならず、おちおち風呂にも入れない、と話したことがあった。予備士官の少尉はいつ入浴すべきなのかも知らず、じろじろ見られると自分がルールを破っているように思えて、気分が萎《な》えがちだった。また士官室および第一士官次室用の風呂は別棟に一ヵ所しかなく、清潔で広いが、お偉方が入浴中だと「いまは、だめです」と言われて入れなかった。

その日の夕方、市川少尉から「黒鳥さん、今晩、食後に風呂へ行きましょう」と誘われた。夜食をすませて待機所に行ったら、少尉が待っていた。

「洗面用具もありません」。洗面用具はガンルームにまとめて置いてあり、どれを使えばいいものか分からず、持ち出せなかったのだ。

「そのままでいい。行きましょう」

案内されたのは第二士官次室士官、つまり下士官兵から進級した特務士官の中尉、少尉の、専用の浴場だった。中に入ると、風呂の係の従兵が寄ってきた。軍服を脱げばすぐに整理し、下着を取ればすぐにタオルを差し出す。

湯気が満ちる浴室に入ったら、従兵は桶と腰掛を運んできた。座ると湯をかけ、背中から洗い始める。実にすばやい、流れるがごとき作業。

ベテランの市川通太郎少尉は無言の士官教育をほどこしてくれた。

初めての私は他人に洗わせるなど思いもよらないことなので、「いや、自分でやるからいい」とあたふたと断わった。

となりに座る市川少尉は、先客の特務士官と話しながら、従兵に洗ってもらっている。そんなまねができるはずもなく、湯船につかりもしないで浴場を出て、私室へ逃げ帰った。

第二士官室の風呂場への案内は、ガンルーム生活での気疲れを癒《いや》してやろうという、市川少尉のまったくの厚意によるものだったと思う。同時に、兵学校、機関学校出身の将校（いわゆる正規士官）や予備士官が知らない、海軍の階級差、上下関係を無言のうちに教えてくれたのではないだろうか。甘受できなかった私が、人間として未熟だったのは言うまでもない。

工藤飛曹長、倉本上飛曹と見たB－29偵察機

市川少尉とともにラバウルで戦い、B－17撃墜により海軍の夜間戦闘機の初戦果を記録した工藤重敏上飛曹は、私が横空に着任したとき、夜戦分隊の下士官の最先任者、つまり先任下士官だった。ラバウルの夜空を「月光」で飛んで、たて続けに重爆を落とし、南東方面航空艦隊司令長官・草鹿任一中将から武功抜群をたたえる軍刀を授与された。

しかし私は横空在隊中に、工藤上飛曹の手柄《てがら》話を聞いた記憶がない。それどころか、ラバウルに関する言葉すら口にしなかった。この点は同じくラバウル帰りの夜戦乗りの徳本正上飛曹、川崎金次一飛曹も同じだった。

工藤上飛曹は先任下士官の立場で、若手搭乗員の指導に専念し、私にはなかなか本心を表わさなかった。質問しても「分隊士は学校を出てこられ、士官になった方ですから、自分のような下士官が教えることなどできません」と言うだけである。

意を決した私は、軍服を脱いで心から頼んだ。

「工藤さん、これで階級はない。あなたは多くの実戦経験をつんで横空に着任した搭乗員だ。未熟者の私にぜひとも、いろいろなことを教えて下さい」

上飛曹は頭を下げ、こう答えた。

「分かりました。それでは飛行作業中、それぞれの状況のときに申しますから、軍服を着て下さい」

彼の言葉に偽《いつわ》りはなかった。その後の昼間、夜間の飛行訓練のつど、的確な各種のアドバイスをもらった。

「月光」試作機で海軍初の重爆夜間撃墜を記録した工藤重敏上飛曹。

また、互いに気持ちも打ち解け、ある日こんな申し出を受けた。

「お願いがあります。いちど短剣を下げた士官の姿をしてみたいんです。分隊士の服を貸してくれませんか」

おやすい御用である。喜んで一種軍装と軍帽、短剣を用意した。それらを身に付けた姿をカメラに収めるときの、うれしそうにはにかんだようすが印象的だった。

工藤上飛曹は昭和十九年（一九四四年）十一月一日付で准士官に進級した。以後は士官と同様の服装ができるのだが、敵機の来襲が始まって、臨戦態勢で飛行服を着続けたため、自前の一種軍装を着用する機会は訪れなかった。

十一月のよく晴れた日、飛行中の「月光」の機内で工藤飛曹長から、四周、上方のいずれの空域も見落としがないようにと、見張りの大切さの指導を受けていた。彼は「月光」の前には〔九七式司令部〕偵察機に乗っており、ツボを押さえた言葉であった。

「了解」と伝声管を通じて答え、やや後方の空を見上げたとき、キラッと光るものを認めた。

「工藤さん、後上方になにか飛んでいます」と知らせる。

われわれの高度は五〇〇〇メートルほど。それより三〇〇〇～四〇〇〇メートル高いと思った。

「なにも見えないですよ」と返事があった。

「いや、確かに光るものが見えます」

工藤飛曹長は機首を振って上昇しつつ、確認作業に入る。

「ああ見えました。高度九〇〇〇メートルあたりを飛ぶ偵察のB－29が、絹糸針のようにキラッと光って〔分隊士の目に〕見えたんです。分隊士は目がいいですね。見張りの大切さが分かったでしょう」

このころ、やはりB－29偵察機〔ボーイングF－13A〕が首都圏の上空に侵入したおり、進級後まもない倉本上飛曹とのペアで、出動命令を受けて追撃を試みた。はるかかなた、一万メートル以上の高度を飛ぶ敵は飛行機雲を引いていて、私にとって初めて見る光景だった。排ガスの中の水蒸気が低音で氷結して雲になるそうだが、B－29が高高度飛行時に用いるタービン式過給機からの排気とは気づかなかった。

西へ向かう敵機を追って、やっと高度八〇〇〇～九〇〇〇メートルまで上昇する。六度の迎え角（機首上げ姿勢）をとり、エンジンは全開なのに「月光」はまったく進まず、まるで凧《たこ》のように空中に止まっている感じ。正面に付いた大気温度計は零下五〇度近くを示し、手袋と背中の電熱で部分的に暖をとって酷寒に耐えていた。

敗戦の日までペアを組んだ、技量の確かな操縦員、倉本十三兵曹。

私は肺活量があったせいか、たいていの搭乗員が四〇〇〇メートルから使う酸素マスクを、四五〇〇～五〇〇〇で付けるのが常であった。高度の変化にともない酸素の流量が自動調整される仕組みなのに、この日はどうも出具合が悪かった。倉本上飛曹のマスクも不調なようで「分

横空で攻撃法の研究用に製作したボーイングB-29の模型。

隊士！　酸素ボンベに異常がないですかっ」とどなり声でたずねてきた。

「倉本、降下。ボンベの異常は不明！」

　叫び返すのが息苦しい。目の前がパッと真っ赤に染まり、すぐに黒く塗りつぶされ、母親の顔が浮かんだ。

四〇〇〇メートルまで降りたあたりで、充分な酸素が出た。供給装置が不具合だったらしい。わずかなあいだの酸欠状態なのだが、着陸後に手足の関節と筋肉が痛んだ。そのうえ食欲もなくなって、一週間ほど水とジュース類を飲んですごした。軍医からの症状説明で、血液中に炭酸ガスが増えたので身体に異常をきたした、と教えてもらった。

　こんなトラブルがあったため、高高度を悠然《ゆうぜん》と飛んでいくB－29が、いっそうすごい飛行機に感じられた。横空では入手した写真や図面をもとに、翼幅一メートルほどのB－29の木製模型を作り、角度、距離を変えた写真を撮って搭乗員の訓練資料に供したが、あまり実戦の役には立たなかった。

以後は、Ｂ－29およびＢ－29偵察機を邀撃せよとの命令を、夜戦分隊員は受けなかった。この状態は十一月下旬の首都圏への空襲開始後も変わらず、翌二十年の三月まで継続された。したがって、この間は昼夜とも空戦のための出動をまったく実行しておらず、訓練や各種テストのためだけに飛んでいた。もし出撃命令が出されても、敵の高度が高すぎて、接敵すら容易ではなかったに違いない。

夜戦搭乗員は多士済々《さいさい》

工藤飛曹長と私、倉本上飛曹と深見上飛曹のペアが乗る「月光」二機で、雲中での編隊飛行訓練を行なったことがあった。

雲量九～一〇というまったくの曇天だったが、木更津上空に雲が切れているのを見て、工藤飛曹長の「雲が薄いから飛びましょう」の言葉で発進した。木更津上空に雲が切れているのを見て「分隊士、あそこから雲上に出ます」と飛曹長は高度を上げ、倉本機もついてきた。

相模湾の上空と思われるあたりで訓練を開始する。雲はしだいに密度を増して、切れ目はなくなり、雲高もどんどん高まって、完全に雲中飛行になった。列機の姿も定かではない。

「長波方向探知機で横空の位置を測定して下さい」

工藤飛曹長からの指示は、偵察席の前に置かれた方向探知機（メーカー名が由来の「クルシー」と呼ばれた一式空三号無線帰投方位測定機)で、横須賀基地からの電波を受け、基地から何度の空域にいるのか割り出すように、との意味である。「了解」と伝声管を通じて返事をしたものの、方向探知機による測定はこれまでやった経験がなかった(結局はこのとき一度きりだった)。

手動のループアンテナを懸命に回し、通信音を聴いて、基地の位置を確認する。厚木付近の空域から相模湾へ向けて、方位一八〇度で降下していく旨を、飛曹長から伝えられた。

「よく見張りを願います」「了解」

周りはいまだ雲ばかり。下方に海面が見えてくることを願った。列機へ手信号で合図をすると、倉本上飛曹が手を上げるのが見えた。

全神経を見張りに注いだ。雲の流れに違和感を覚えて方位計を見ると、一八〇度で飛行中のはずが、なんと二七〇度を指していた。これでは富士山の方へ突っこんでしまう。思わず「工藤さん、方向が違う!」と叫んだ。

飛曹長は急いで機首をめぐらし、もとの空域にもどった。基地の電波を捕らえ、方位を再確認する。このころには雨中飛行に変わっていた。風向、風力の測定はできない。

「分隊士、海面がわずかでも見えたら知らせて下さい」「了解」

倉本機はよくついてくる。時間が長く感じられた。やがて下方に海面らしい部分を認め、さらに左側には、切り立った地形の海岸線が見えてきた。操縦席へこれらを伝えたが、どのあたりなのか、すぐには把握できなかった。

それでも横空の方位と、そのうちに視界に入った江ノ島との対比から、伊豆半島の東側と初島とのあいだの五キロの海上に降下したことが分かってきた。ふだんは館山や犬吠埼《いぬぼうざき》あたりの上空を飛ぶのだが、雲の切れ間から上昇していったため、初島付近の空域を旋回していたのである。

黒サングラスをかけて、たわむれに「彗星」一二戊型夜戦の操縦席に座った偵察員の山崎静雄上飛曹（飛曹長当時）。

工藤飛曹長とともにラバウルの二五一空で活躍した徳本正上飛曹は、気さくで明るい操縦員だった。「月光」の試験飛行で数回、同乗したことがあるが、おもに下士官偵察員の教育に携わっていた。彼も南方戦線での経験を自発的に話そうとはせず、こちらからも尋ねはしなかった。

のちの二十年五月に「天雷」用の無線電話の訓練で事故にあい（後述）、大腿骨骨折で海軍病院に入院。そのまま終戦を迎えたはずだが、それ以後の消息は不明である。

偵察の山崎静雄上飛曹は明朗活発な人。よく皆を笑わせる、分隊の人気者で、格納庫で行なうバレー

歴戦の川崎金次一飛曹が夜戦隊搭乗員待機所の横でポーズをとる。

ボールでも大活躍を見せた。やはり南方での経験は語らなかったが、硫黄島派遣時のあれこれについては、ベテラン組のうちで彼だけがおもしろおかしく話してくれた。

二十年五月一日付で飛曹長に進級し、柄《つか》が鮫皮のりっぱな短剣を贈られ、跳び上がってよろこんだ。彼もまた准士官の一種軍装、二種軍装を着る機会がなく、夏用の白い艦内帽（略帽）に巻かれた黒線一本にもう一本が加わり、階級章が変わっただけだった。

同じく偵察員の川崎金次一飛曹も二五一空からの転勤者である。不精ヒゲのせいか、夜戦搭乗員でいちばん年配のように見えたが、実は私より一歳だけ年上で、服装に頓着せず、いつも洗いざらしの古びたシャツを着ていた。

上級者に口を合わせるのが上手で、茶目っ気があった。川崎一飛曹も予科練出身の若年偵察員の教育係を務めたが、確か十月ごろ転勤した〔三〇二空「月光」分隊へ〕。

倉本、飯田、吉川、深見上飛曹の乙飛同期四名の下に、名和寛、藤村正徳、塚越茂登夫上

飛曹、富田俊喜、瀬戸末次郎一飛曹、岩本健六飛長らの若手が在隊していた（階級は十九年十一月の時点でのもの）。

彼ら下士官兵は、「夜戦隊搭乗員待機所」の看板を掲げた木造二階建ての一階に詰めていた（二階は准士官の控室）が、名和上飛曹は大村の三五二空、吉川、塚越上飛曹らは千歳の北東空・戦闘第八五一飛行隊へ、十九年のうちに転勤していった。

水上機出身の伊達一登《かずと》大尉が着任したのは、二十年の一〜二月ごろである。「飛行時数三〇〇〇〜四〇〇〇時間のすごい方ですよ」と工藤飛曹長が教えてくれた。浅黒い顔に眼光が鋭いが、温和な性格の人だった。

伊達大尉は「彗星」の操縦に専念した。着陸時に低速でゆっくり持ってくる水偵操縦員の慣習ゆえに、主滑走路が一二〇〇メートルしかなく、西側が山地の横空基地では、降りにくいようだった。

「着陸で降りるときの感じはどんなものなのか、同乗してみてくれよ」と伊達大尉に頼まれ、「彗星」の偵察席に座ったことが二〜三回あった。とりわけ山側から入って高度を落とす着陸に神経を使い、下級者で経験の浅い私に「こんな具合でいいんですか」とていねいな言葉でたずねた。

私には「彗星」は恐い飛行機との印象が強く、同乗飛行は楽しくはなかったが、大尉の技《ぎ》倆《りょう》の高さを信じていたので、その操縦ぶりに不安を抱きはしなかった。

木南上飛曹がかいた冷や汗

昭和二十年二月初め、夜戦分隊は第一飛行隊から独立し、新たに二個分隊からなる第七飛行隊を編成した。搭乗員が第十三分隊、整備員は第十四分隊である。飛行隊長には山田大尉が任じられて、十三分隊長には隊付《たいづき》だった児玉秀雄大尉（後述）が、十四分隊長には大ベテランの特務士官・諸井《もろい》大尉が、それぞれ任じられた。

私は山田隊長から、飛行隊士任命を伝えられた。隊長の命令や指示を隊員に伝えるのが役目で、たいていは中尉の先任者の職であり、予備士官の少尉にとっては重い肩書きである。最若手の士官搭乗員であることが、選ばれた理由だと思った。

分隊から飛行隊へ、組織として格上げがなされたわけで、これまで飛行場の東側にあった二階家の待機所から、南西側の平屋の広い建物に移り、看板も「第七飛行隊指揮所」に変わった。ただし搭乗員の人数は同じで、不足ぎみのままだった。山田隊長は別として、私にとって安心してペアを組める操縦員は、工藤、徳本の両ベテランと倉本上飛曹くらいである。人数はやや多い偵察員も、実戦即応なのは市川分隊士、山崎上飛曹、深見上飛曹の三名だけで、私はまだ訓練途上にあった。

どの隊でも熟練搭乗員が不足の時期に、山田隊長は操縦員をさがすため、各方面に連絡をとっていた。四月に入ったころ朗報があった。「見つかった。水上機乗りの木南《きなみ》謙一上飛曹だ。飛練（飛行練習生教程）を三番で出た優秀な男だぞ」と隊長は喜んで話してくれた。

木南上飛曹は九期甲飛予科練（倉本上飛曹ら十五期乙飛予科練よりも飛練が二ヵ月おそい）出身、陸上機に変わっていまだ日が浅い。彼が操縦する「彗星」「月光」によく同乗し、ともに訓練した。

第1飛行隊からの独立によって新設された第7飛行隊の指揮所。左から吉田久生整備分隊士、整曹長、市川分隊士、整曹長。初夏の撮影なので市川、吉田両分隊士は中尉に進級している。

「彗星」で訓練に飛んで、着陸態勢に入ったときのことである。「分隊士、脚が出ません！」と木南上飛曹が叫ぶ。私は「あわてるな。落ち着け。高度を上げろ」と指示を出した。

無線電話で指揮所へ、主脚を手動で出す操作の教示を頼んだ。以前は電信だったのが、このころはみな電話に変わっており、明瞭に

「彗星」夜戦のプロペラに手をそえた豊かな感性の木南謙一上飛曹。

聞き取れる状態だった。折り返し指揮所から教えられた操作の手順を、伝声管で木南兵曹に説明する。

高度五〇〇メートルに上昇後、手動操作にかかった。「彗星」の狭い後部座席からは、操縦席の装置類はまったく見えない。背中の動きから、右手で手動レバーを引いているように思えた。木南兵曹からの「レバーが動きません」の言葉に、「落ち着いて引っ張ってみろ」と返した。緊張で硬くなっているようすが伝わってくるので、できるだけゆっくり話し、笑い声で「深呼吸しろよ」と語りかけた。

操作に気をとられて、高度が下がってきた。私は再上昇を命じてから、白絹のマフラーをはずし木南兵曹にわたして言った。

「これをお前のマフラーと結んで、レバーに縛りつけろ。いっしょに引っ張るぞ」

彼は操縦桿を足ではさんで、マフラーを結んだようだ。二人で懸命に引っ張ったが、レバーは動かない。

「分隊士、だめです!」

返事と同時にマフラーが切れ、開けていた後席風防のスライド窓から外へ飛び去った。もしものときは仕方がないが、まだ万事が休したわけではない。指揮所へもういちど電話して手動操作レバーの位置を確認し、木南兵曹に伝えたところ、意外な応答があった。「すみません、違うレバーを引いていました。いま手動レバーを引いてみます」まもなく「脚が出たと思いますが、地上確認の連絡を願います」と言ってきた。そこで指揮所へ確認依頼を電話し、低空飛行で航過すると、「出ている。着陸せよ」とのこと。

事故にいたらず降りられたのは、なによりだった。不なれな「彗星」ゆえに、彼も冷静さを欠いていたのだろう。私が指導官的な立場だったので、木南兵曹にとってなんら問題を生じずにすませられてホッとした。協力して危機を脱した絆《きずな》からか、このトラブルののち「転勤するときは連れていって下さい」と私を慕《した》ってくれた。

当時は珍しかったスピッツだが餌がなく、捨てようと決めたのに別れがたくて、抱きながら泣いている母娘《おやこ》を、横浜市内で木南上飛曹が見かけ、横空にもどってきて「飼う許可をいただけませんか」と頼まれた。横空には野良犬や野良猫が数匹いて、隊員が残飯を与えてかわいがっており、私も犬が好きだったのですぐに許可を出した。

連れてこられたスピッツはしだいに元気になり、夜戦隊員によくなついた。ところが活発すぎたのか、燃料補給車にひかれて死んでしまった。報告に来た木南兵曹は涙ぐんでいて、彼のやさしさがよく分かり、私は「墓を作ってやれよ」となぐさめた。

操縦の士官、整備の士官

山田隊長は機銃の選定や排気管の改良など、夜間戦闘機の能力向上の思案に打ちこんでいた。地上の電探で捕捉した敵機の近くまで夜戦を誘導する、地上管制の実用化のため、茅ヶ崎の電探基地へ出向くこともあった。

横空に夜戦分隊ができて以来、兵学校出身は山田大尉ひとりだったが、秋の二ヵ月ばかりのあいだ、四期後輩(七十期)の石田貞彦大尉が、機関学校出身の野田貞記中尉とともに横空付として在隊した。

温厚な石田大尉はわれわれとも雑談し、りっぱな人格を備えていたが、野田大尉はとっつきにくく、話す機会を得なかった。二人とも「月光」の操縦訓練が目的だったようで、十二月に入ってフィリピンの部隊(戦闘第九〇一飛行隊。この時点では七五二空に所属。野田大尉は二十年三月三十一日、「彗星」夜戦で鹿児島県垂水《たるみず》沖に墜落戦死)へ転出した。

夜戦搭乗員の養成を兼ねていたからだろう、横空夜戦隊は転勤頻度《ひんど》が高いところで、各地の部隊へ移っていった。石田大尉ら幹部候補は別として、若手の偵察員には充分な訓練をしてやれなかった。落ち着いて訓練を進めるだけの時間的余裕がなく、燃料にもゆとりがなかったからである。

12月、夜戦分隊の整備士官と。手前左から中嶋克己少尉、相沢克美少尉。後ろ左から久保晋少尉、肥田実技術中尉、私。中島、相沢両分隊士が転勤する記念に写した。

私はペアとしての練度を高め、連係を密にするため、昼間は倉本上飛曹との飛行作業を主にしたが、夜間は工藤飛曹長が操縦する「月光」の後席でさまざまな教えを受けた。

「季節により風向、風力が異なるため、注意が必要です。内地上空は偏西風が特に強いので、飛行方向と飛行時間をよく計算して飛ばなければなりません。夜間の航法には、基点（航法を始める地点）の確保が絶対に欠かせません」

「月夜の敵機攻撃は、月を背にして接近、攻撃すること。月明かりの輝きで、敵搭乗員がこちらを発見しにくいのです」

というぐあいであった。

すでにB－29が内地の空に侵入していたため、夜間飛行は哨戒を兼ねていた。教示されたとおり、哨戒時の基点の確認、針路、飛行時間など、伝声管を通じて「夜間の事故は即死につながるから、特に注意して下さい」ときびしい指示が出る。

横空の滑走路は短くて一二〇〇メートルしかなく、海側は高さ約三メートルのコンクリート製の護岸壁になっている。その壁から滑走路の端まであいだ三〇～四〇メートルの地帯は草地で、そこに赤色だったか艦尾灯が設置されていた。

夜間着陸時、海側から入ってきて、艦尾灯を航過すると同時に「艦尾灯かわった」と伝える。操縦員はそれを合図にエンジンをしぼり、接地へ持っていくのである。操縦と偵察の息が合わないと事故につながることを注意された。

整備士官の参入もあいついだ。われわれ十三期飛行専修予備学生と同格（コレスと称した）の、第七期飛行機整備予備学生を終えた久保晋《すすむ》少尉と中嶋克己少尉が、七月の末に着任。前後して、機関学校卒業の相沢克美少尉、技術科士官（大学学部出身者は即中尉に任官するが、実兵に対する指揮権はない）の肥田実技術中尉も加わった。

夜戦隊の若い少尉は私ひとりだったから、彼らが来たのは非常にうれしかった。ふんいきが明るくなり、会話もはずみ、仲間うちでは「フィッシュ」と呼んだ料亭「魚勝」へ、よく飲みに出かけた。

学生時代はバレーボールの選手だがおとなしい久保少尉、くだけた話とは無縁の真面目な中嶋少尉、予備士官に偏見を抱かない好人物の相沢少尉、茶目《ちゃめ》っけがあって偉ぶらない肥田技術中尉。肥田技術中尉のほかは五ヵ月前後の在隊だったが、みな仲よく酒盃を交わした。飲めば私の顔はすぐに赤くなり、酒そのものは特にうまいとは思わなかったが、皆でくつろぐムードが好きだったのである。

その後、電探関係の分隊長に、機関学校出の有田不二男大尉が着任した。海軍士官らしからぬ温和な性格で、山田隊長から「もうちょっと元気を出せよ」と言われたほどである。有田分隊長と語り合う機会は少なからずあり、話を聞くにつれ、この人は天才だと思うようになった。

父君は高等学校の数学教授。小学校時代に因数分解など高等数学の入口を学び終え、中学でさらに広範な数学を理解して、四年生で腕試しに受験した機関学校に合格したそうである。よほどの理由がないかぎり辞退はきかないから、合格イコール入校で、機関学校生徒になってからも理数系の科目で苦労したことはなかったという。

重巡洋艦「鳥海」に乗り組んで、毎晩三時間ほどしか睡眠を取れなくなった。艦隊勤務が過酷だったからではなく、「実は、シンガポールの英軍司令部で見つけた物理、電気、機械、哲学の本を読むため、眠る時間を削ったのです」

「魚勝」行きを誘っても、そのつど返事は「考えておきます」であった。有田大尉が電探の不調改善を、隊長から強く指示されたときのこと。そばにいた私たちがあとで、気分なおしに「外で食事でもいかがですか」と声をかけたところ、「私は計算尺と遊んでいるほうが気分転換になるので、お断わりします」という返事だった。

第三章　敵機来襲下のできごと

意識と実際とのギャップ

昭和十九年（一九四四年）十一月からの飛行訓練が快調で、充実した楽しい日々を送った。それは技倆未熟なくせに、自信過剰におちいった時期でもあった。

隊員総数一万四〇〇〇～五〇〇〇名と聞いた大規模部隊たる横空の、私が来たころの司令官は操縦士官出身の吉良俊一中将〔十九年三月～七月、大規模実施部隊として司令官が置かれた。他の時期はすべて司令がトップ〕で、少将、大佐クラスが何名もいて、士官の人数も多かった。そのなかで最下級の士官であり、ガンルームでは「貴様たちは形だけの士官じゃないか」と冷笑されたが、全体数のおおかたは下士官兵なので、隊内を歩けば、次から次へと敬礼を受けた。

彼らの多くには、私が兵学校出身ではない予備士官とは分からなかった。私はなにか偉くなったように錯覚し、敬礼を返すしぐさはいいかげんで、しだいに横着な態度へと変わっていった。

若い士官には、隊の保安に関わる当直勤務が課せられた。当直将校は大尉クラスで、ガンルーム士官は補佐役の副直将校を担当した。私の副直将校勤務は三回ほどにすぎなかったが、特務士官の当直将校から「あなたの敬礼はだめだ。きちんと敬礼をしなさい」と静かに注意を受けたことがあった。

翌二十年の一月～二月のころ、横空から横須賀軍港の逸見《へみ》波止場まで、定期ランチの艇長見習を命じられた。この役目は本来、艦船間の連絡業務に属し、航空隊においては関係のないものと思われた。予備学生になって以来、横空着任後のこれまでに、艇長見習の教育を受けたことは一度もないが、命じられた以上は乗船勤務をしなければならない。

ランチに乗って、年季の入った超ベテランの特務士官の号令に耳をかたむけ、作業手順をしっかり身につけた下士官たちの行動を注視する。一回や二回見習っただけでできる任務ではないと痛感し、帰ってきて当直将校に「どうだった?」とたずねられて、「私にはとても務まりません」と正直に答えた。さいわい、この業務は一度だけですんだ。

副直将校を務めたおり、慢心がなせる自分勝手な判断で、山田隊長に迷惑を及ぼしたことが二度あった。当直士官はどちらのときも、隊長と同期の戦闘機隊分隊長だった塚本大尉である。

航空隊でも乗艦時と同様に、外出を「上陸」と称した。分隊の番号の奇数と偶数に分けて、右舷上陸、左舷上陸、全分隊に対する両舷上陸があった。

隊員のいちばんの楽しみは、この上陸だろう。とりわけ応召者は、一刻も早く家族に会いたいに違いない。それなのに服装点検、持ち物点検などで、延々四〇分以上も整列させられるのがふつうであった。

下士官兵への配給物品の隊外持ち出しは禁じられていたから、菓子類を見つけられて取り上げられ、外出禁止に処される者も出た。食べたいのを我慢して、家族にわたそうとしたのである。

規則は理解できるが、菓子ぐらいは許してもよかろうに、と私は内心で思っていた。士官は酒、タバコ、菓子類を自由に自宅へ持ち帰れたのに、隊員たちが禁止されているのは気の毒だった。

私は本部前の号令台に立ち、秘密を保持せよ、他人に迷惑をかけるな、軍人らしく行動せよ、帰隊時刻に遅れるな、などを命令した。続いて「いまから服装点検を行なう」と伝えて台から降り、塚本当直将校に報告ののち、当直下士官を従えて、整列した隊員一人ずつに服装・持ち物検査を早足で手早く行なう。

ちょっと生意気そうな下士官二～三名に「靴磨きがだめだ。磨いてこい」と命じ、一〇分ほどで検査を終えた。駆け足で塚本大尉の前へ行き「異常ありません。外出させます」と敬礼して、大尉の返答を待たずにふたたび台上へ上がる。

「命じたことを守り、帰隊時間に遅れるな。いいか。外出！」

外出までに要する時間は、大幅に短縮された。塚本大尉は無言のままであった。おそらく胸中では「こいつ、なにを勝手なやり方をしているのか」と怒っていたことだろう。私が山田隊長の分隊士で、予備士官の新米だから、その場で叱声を浴びせはしなかったのだと思った。

二度目のときも、前回同様のかたちで下士官兵を外出させた。当直将校の返答もたずねず「よし、外出」と命じた私への不満が、塚本大尉の表情にありありと浮かんで見えたが、なにも言わなかった。

あとから予備士官出身の少佐（飛行科ではなかった。少佐に進級すれば全員が現役将校）から呼び出しを受けた。士官室で私の態度が問題になっていて「厳重注意が必要という空気なので、山田隊長が間に入って苦労されているぞ」と告げられた。隊長からは、ひとことの文句も言われていなかった。

自分のふるまいが隊長を困らせたのは、なんとも申しわけのないことである。次回の副直勤務時には、士官室の制裁を受ける覚悟を固めていた。だが二月の初めごろ、鎮守府から「戦闘機搭乗員は当直勤務につく必要なし」との通達があって、鉄拳をみまわれずにすんだ。

当直将校が隊長と同期でなかったら、すでに殴られていたに違いない。

遊郭《ゆうかく》の巡回も任務のうち

若手の士官がおおぜいいる横空では、副直将校勤務の機会は少なかったが、印象ぶかい経験をした思い出がある。

横須賀地区の下士官兵の上陸時における現状視察を、当直士官から命じられたときのこと。どんな任務なのかを、当直下士官にたずねた。

「分隊士、夕食後、私服に着替えて当直室に来て下さい。私が案内します」

彼が笑顔で答えると、当直士官の塚本大尉もだまってうなずく。

夕食をすませて私服を着た。ワイシャツとセーターぐらいで、気のきいた洋服など持っていないが仕方がない。本部当直室に行くと、医務科の先任下士官もシャツ姿で待っており、当直士官から木の札をわたされた。

「この札を見せれば、鉄道、映画館、旅館、飲食店、遊戯《ゆうぎ》施設などへ、すべて無料で入れます。また、こちらが要求する書類の提示、状況の報告を受けられます」と先任下士から説明を受けた。

二人で横空を出たのは、夜の八時半か九時のころである。先任下士の言葉どおり、彼が木札を示すと京浜急行の追浜駅の改札を通り抜けられ、横須賀中央駅で下車して外へ出るときも同様だった。

なれた足取りの先任下士について、暗い道を歩く。最初に案内された遊郭（遊女屋。ピー屋と呼んだ）に、木札を見せて入店した。中を見せてくれた店の者から「お調べいただくようなことは起きておりません」と報告された。私はこういうところに入った経験がないので、照れくさく落ち着かなかった。

「分隊士、次の店は問題が多いので、よく検査して下さい」と言われたのは、下士官専用の遊女屋であった。問題とは、遊女たちの性病の管理がルーズなことである。軍医官が毎週、検診に出向いた。性病罹患《りかん》者と分かると店には出られず、名札を裏返す。それが店にいる女性たちと合致しているかをチェックし、加えてもろもろのトラブルの有無を質問する。

来店中の宿泊客の下士官名が記された名簿を見て、彼らの所在を確認し、問題がなかったかを問い質《ただ》した。先任下士は慣れたもので、年配の女主人に遠慮なくズケズケと突っこんで聞くが、私にはそんなまねはできない。今後もまちがいを生じないように頼んでしめくくり、落ち着かない気持ちで店の外に出た。

その後、横須賀市中の何軒かの遊郭をまわった。最終電車でようやく帰隊し、当直将校に「異常なし」を報告した。上陸時における隊員たちの夜の行動を、ハメをはずさせないよう、若い士官が調べる大変さ。ずいぶん気疲れしたが、さいわい二度目の指名は来なかった。

もうひとつの変わった体験は映画である。本土空襲が本格化するまでは、月に一回、横空の東側、水上基地に近い大格納庫の中で上映された。

横浜税関に保管されていた洋画が主で、あの有名な作品「オーケストラの少女」とか西部劇などだった。満員の下士官兵は映画鑑賞を喜んだが、字幕なしなのでおもしろいはずがない。多くの者が邦画の時代劇を希望するのは当然で、不人気ゆえに上映会はやがて中止になった。

准士官以上の希望者には、捕獲したアメリカ映画を写真班の部屋で見るように、との連絡があった。私も出向いたところ、戦意高揚が目的の「東京への道」と題した作品で、英語が分からないため二時間の長さを持てあました。

とはいえ、飛行機をはじめとする兵器の大物量、豊かな食事内容、志願する若者たちや戦時社会の明るさ、立場の上下間のフランクさなど、宣伝映画と認めていながら、日本との違いが印象に残った。准士官以上に限定した理由が、分かるように思えた。

さらに別の忘れ難い見物をしたのは、はっきりしないが多分二十年の一月ごろだろう。外出で帰宅したとき、父が「日比谷公園にＢ－29の残骸が展示されているので、いまから見にいく」と言う。今後、自分が戦う相手はどんなものなのか、ぜひ見ておこうと私も同行した。

日比谷公園にはおおぜいの人々がやってきていた。展示の残骸は、尾部が主体であったと記憶する。垂直尾翼の大きさが、強く印象に残った。部品に使われているジュラルミンはとても分厚く、「こんなに大きくて重い機が飛べるのか。B－29が『超・空の要塞《スーパーフォートレス》』と名付けられたのも当然だ」と驚かないではいられなかった。B－29を地上で見たのはこの一度きりであった。

ガンルームでのあつれきなど

私の同期、つまり十三期予備学生出身の搭乗員が、一時的に横空に集まってきたのは二月～三月だ。彼らは特攻要員で、ここで飛行機を受領したのちに特攻作戦部隊へ移動していくのである。「一ヵ月後の新聞を見れば分かるよ」と言い残して出ていった者もいた。

彼らは必死出撃へ向けての赴任の途次《とじ》なので、金を持っていない。もちろん黙って送り出すわけにはいかず、送別会を開くことにした。少尉たる私の俸給は、月給七五円、戦時手当三七円、飛行手当九〇円、合わせて二〇〇円弱で、全部を使っても到底足りないから、横空の他飛行隊の同期、整備や兵器整備の同格士官《コレス》に、事情を話してカンパを募《つの》った。横須賀の料亭《レス》「魚勝」で連日のように、合わせて一〇回以上も送別会を催《もよお》した。私は毎回、お膳立てをすませると、仲居にもてなしを頼んで帰隊し、夜戦搭乗員の任務につくのが常だった。

二月のある日、外出し自宅に泊まって帰隊すると、ガンルームの空気がいつもと違っている。誰もが黙りこんで、言葉を交わさない。

前夜、兵学校出の士官と特攻要員の予備士官とのあいだで議論が始まり、意見の相違から激論になって、両方のグループが軍刀まで持ち出し、あわや乱闘になりかけた、と同期生に教えてもらった。士官室から両方の先輩がやってきて収めたが、一時は即発状態で大変だったらしい。

横空に来たころに比べると、ガンルームはすごしにくくなっていた。士官にしろ予備士官にしろ世間知らずの若者たちが、階級絶対の組織のなかでそれぞれの立場を主張し、あるいは増長する。横空の士官は兵学校の成績優秀者が多く、プライドが高いことも手伝っていたのではないか。私自身は、先任のガンルーム士官から嫌味《いやみ》を言われはしても、他の同期生のように殴られたことはなかった。

話はそれるが、ガンルームの食事は三食とも白米で、搭乗員食というのか、副食には肉か魚が必ず出され、ゆで玉子または牛乳が付いた。

同期の偵察員で、〔第四飛行隊の〕零式水上偵察機に乗っていた中川重隆少尉は、ゆで玉子が嫌いだったので、彼の分も私が食べていた。体力消耗を防ぐため、駆け足をやめてもっぱら歩き、運動もしなかったから太り出して、一時は、横空に来た当初と同じの、胴まわりがきつい八〇キロの体格にもどってしまった。

食堂に置かれた横長《よこなが》のメインテーブルにはケップガンを中心に、階級順に一〇名ほどの名札が出ていて、つねに食卓係の兵が気を配り、茶碗にすぐお代わりのご飯を盛って差し出した。私たち新任士官や、出張などで一時的に来隊した者は、円形あるいは長方形の机に着席し、食卓係に食事を依頼する。ご飯はアルミの容器に盛られていた。

その後、横空付の士官が増えず、転勤者の離隊が進んで、在隊少尉としてはしだいに古手になったため、十九年末～二十年初めのころには私もメインテーブルに移った。

「ガンルームで酒を飲むと、必ず事故が起きる。したがって酒宴は禁止」という不文律があった。十九年の夏のころか、兵学校出の中尉が「そんな迷信は俺が払ってやる」と、同僚の止めるのを無視して一人で飲み続け、翌日の飛行で地表に激突、殉職（一名だったから戦闘機か）したそうだ。当時ガンルームにいて事情を知る士官の話では、集められた遺体は西洋皿一枚分の肉片と、太い骨一本だけだった。

若年士官の深酒《ふかざけ》が事故につながりやすいのは当然で、それを諌《いさ》めるための先輩からの忠告として語られた話のようである。

主計科下士官になめられた

B－29の本土空襲が始まると、夜間戦闘機分隊の実験飛行、訓練飛行の頻度《ひんど》が増した。昼と夜を合わせて五～六回に及ぶことも珍しくなく、そのぶん倉本上飛曹とのペアとしての練度も上がった。夜間待機も始まったため、宿舎との行き来が不便なので、指揮所に隣接の物置小屋へ移り、整備の吉田少尉とともにそれぞれの机、ベッドを持ちこんだ。

メインテーブルを使えるようになったのに、飛行作業の激化によって、昼食、夕食をガンルームの食堂へ食べに行く余裕がなく、私の分だけ食事が残り、主計科烹炊員《ほうすいいん》（調理、給仕を担当する）の兵に迷惑をかけていた。私が食べ終えるまで、食卓係の彼らは勤務を続けねばならないのである。

自分勝手な理由からではないとはいえ、申しわけなく思った。ガンルームで食卓係の先任下士官を呼んで、現状を詫び「今後は食事に遅れるときには、（雑務担当の）従兵を取りにやるから、よろしく頼む」と話した。先任下士は迷惑そうな顔をしながらも、事情を理解したようで、依頼を受け容れてくれた。私は礼を述べて、指揮所にもどった。

しばらくは願いどおり、指揮所に運ばれた食事をとり、なんの問題もなかったが、三月初めの夕方に異変が生じた。

食事を持ってきた従兵のようすがおかしい。くり返し理由をたずねると、やがて重い口を開いた。いつものように烹炊所で私の食事を受け取ろうとすると、先任下士から「なんの役にも立たない予備士官のくせに、偉そうに食事を持ってこいとはなんだ」と文句を言われ、殴られたのである。

役立たずの予備士官と言われては、我慢ならない。隊内電話をかけて先任下士を電話口に呼んだら、だいぶ間《ま》があって彼の声が聞こえた。従兵が受けた言葉は事実かどうかたずねたが、返事をしない。きびしく問い直したところ、しぶしぶ「言いました」と答え、従兵への殴打も認めた。

彼がこんなセリフを口にしたのは、二月のいざこざがらみで兵学校出の一部の者が吹きこんだ結果と思えた。

「よし、分かった。今日から夕食は食べない。朝食、昼食も、規定時間がすぎたら処分していい。そのかわり俺がB－29を一機でも落としたら、お前をぶん殴る。約束だぞ。覚えておけ！」

電話を切ると、横で聞いていた吉田少尉が「すぐ下士官を呼べっ。俺が修正（制裁が目的の殴打）する！」といきまく。いま約束したから、と押し止《とど》めた。吉田少尉は短軀《たんく》だが腕っぷしが強く、けんかっぱやい。

それからはガンルーム食堂での朝食は早めに午前七時すぎに食べ、昼食はなるべく遅くとって、食堂にいるあいだはひと言も発しなかった。従兵に夕食を取りに行かないよう命じ、烹炊所の兵が持ってくると、「ご苦労。先任下士に話してあるから持ち帰れ。これは俺の意志で命じることだから、お前はそのとおりにすればいい。先任下士に伝えろ」と言って帰らせた。

午後十時～十一時の夜食は夜戦隊に当然出されるもので、従兵が烹炊所から運んだ。その時刻までに腹が減ったときには、航空糧食の甘味品を食べた。甘いものが好きだったから、これで困りはしなかった。

飛行作業の激化と精神的疲労、不規則な食事などがかさなって、三月に入るころに体力の減耗と食欲不振がはっきり自覚され、顔が黄色みをおびて尿がにごる黄疸《おうだん》症状が現われた。山田隊長に「すぐ医務室へ行け」と命じられ、橋本軍医少尉に診てもらったところ、カタル性黄疸〔A型肝炎。横になり安静にしているのが基本的な治療法〕と診断された。もちろん飛行止めである。

横空に付属の木造病棟の個室に入り、看護兵一名が付いた。食欲はまったくわかず、身体に入るのは橋本軍医少尉に打ってもらう注射液だけである。シジミが黄疸に効くと思っていた看護兵は、同じ貝なら薬効があるのではと、横空の埋め立て海岸で寒風に耐えてアサリを獲ってきた。「召し上がって下さい」と出されたアサリの味噌汁を、感謝しながら飲ませてもらった。

病室ではよく眠った。昼夜を分かたず眠り続け、一〇日ほどして食事をとれるようになった。指揮所に顔を出したら、「無理をするな。出てきても飛行止めだぞ」と隊長に言われ、もう少し入室（隊内の病室で休む）を続けて静養に努めた。

グラマンが「銀河」を襲う

一般国民ばかりか、われわれも「艦載機」と呼称した、米機動部隊の艦上機が大挙して初めて関東各地の飛行場や軍事施設に押し寄せたのは、二月十六日であった。攻撃は翌十七日も続き、少し間を開けて二十五日にも来襲した。この三日間は内地上空を敵戦闘機が飛びめぐり、陸海軍の戦闘機隊はその手ごわさを痛感させられたのである。

しかしどうしたわけか、二月の敵小型機侵入に、夜戦隊がどんな対応をとったのか、自分はどこへ避退したのかなどについて、あまり詳しく覚えていない。その後のB－29に対する邀撃戦の印象が強いからではないだろうか。

思い浮かぶ敵艦上機との交戦状況は、来襲初日の二月十六日に起きたと思われる以下のできごとである。単座戦闘機が相手では、機動性も速力も劣り、火力は斜め銃だけの夜戦は、戦いようがないので出撃せず、横空への来襲に備えて、私は「月光」を格納した掩体壕に入っていた。

建設が進む野島の地下壕（後述する）の、入口の西側に新たに造られたこの掩体壕は、周りだけを土で盛り上げた掩体とは違って、分厚なコンクリート製のドーム状で、覆《おお》いの上に防空隊の対空銃座が設けてあった。飛行機の識別が得意な深見上飛曹はここに上がって、遠

くを飛び去る機影をにらみ「あれは敵機、シコルスキー（Ｆ４Ｕ「コルセア」戦闘機）だ」などと、そばの射手に教えていた。

すると、野島の陰《かげ》から敵機がいきなり出現した。いつもグラマンと呼ぶＦ６Ｆ「ヘルキャット」戦闘機が一機、五〇メートルほどのごく低い高度で侵入し、整備のため滑走路のわきに一機だけ置いてあった陸上爆撃機「銀河」に、一連射の銃撃を加えた。野島、夏島の両山頂と掩体壕の上の銃座がねらい撃ったが、命中弾を得られない。壕内の「月

2月の関東空襲のさい、空母「ホーネット」の飛行甲板上で第17戦闘飛行隊のグラマンF6F-5が発進のときを待つ。

光」のわきで見ていて、水平飛行のまま基地を海上へ抜けていくグラマン搭乗員の服装がはっきり分かり、敵ながら見事な攻撃ぶりと思わずにはいられなかった。

撃たれた「銀河」の左エンジンに火災を生じた。同じ壕内にいた整備員が「右エンジンだけでも助けろ！」と言って、数名でとび出した。「銀河」まで二〇〇〜三〇〇メートルの距離である。私も消火の手助けをしようと壕を出た。

あと一〇〇メートルほどのところで、また一機グラマンが現われ、機銃掃射をかけてきた。危険を知らせる「おーい、引き返せっ」「早く、早く！」の呼び声を掩体壕から受けて、あわてて壕内に駆けもどる。後ろに続いていた整備員二名が、射弾に倒れた。一人は首から血が噴き出て気絶し、もう一人は背中から腹部をやられたのに、意外にも「大したことありません」と答えてケロッとしていた。

だが死亡したのは、腹を負傷した整備員だった。外からは分からなかったが、内臓がひどく傷ついて致命傷になったのである。首をやられた方の傷は、直接の受弾ではなく、コンクリート舗装の地面ではね返った、いわゆる跳弾《ちょうだん》によるもので、弾丸の勢いが弱いうえ、かすったかたちだったため、出血のわりには、さほどでもない負傷ですんだ。

「銀河」の左エンジンは燃え続けた。敵機が去ったのちに消火作業にかかったが、焼けて使い物にならなくなっていた。この日に銃撃で壊された夜戦は、なかったように思う。

これとは別に、やっかいな仕事が生じた。滑走路や駐機場におちた対空機銃、高角砲〔陸軍呼称の「高射砲」が一般的〕の多数の弾片を、除去しなければならない。滑走中にタイヤに引っかかれば、パンクして機はぐるりと回され、つんのめって確実に破損してしまう。手あきの隊員をくり出しての人海戦術でひろってまわり、私も大小さまざまな鋭い鉄の破片にゾッとさせられた。

下町炎上の断片

三月十日未明の東京大空襲の大火災は、入室（入院）中に望見した。

B-29の爆音が二〜三時間も聞こえ、東京湾のかなたの火炎は明け方まで続いた。これほど離れていても新聞を読める炎の明るさ、焼尽の臭気までが漂ってくる。無念の気持ちを病室の外に立ちつくして味わい、「空襲は激しくなるぞ。なんとしても頑張って役に立たなければ」と決意した。

「身体はよくなりました。飛行作業を許可願います」と隊長に懇願《こんがん》した。まだ本復ではないが、とても入室などしていられない。隊長も意を汲んでくれ、無言でうなずいた。

この空襲で忘れられないできごとがあった。

横空に来隊していた、名前をよく知らない特攻要員の同期生が、最後の外出に東京の下町の生家に帰っていて大火災に巻きこまれ、火の海の中を夢中で抜け出して帰隊した。家族とはちりぢりになり、生死不明とのことだった。

「B‐29が撒《ま》いたんだろう、ガソリン臭がものすごかった」（焼夷弾のナパーム剤と思われる）と説明する同期生の、両眼は煙と熱とでひどく腫《は》れ、火の粉を浴びた軍服と軍帽には多数の焼けあとが残っていた。ふだん予備士官を見下しがちなガンルームの連中も、特攻出撃への一途《いちず》な責任感から家族の安否も確かめずにもどってきた彼の姿を見て、ひと言も発しなかった。

それから何日かして、隊長のお誘いで伊達大尉、市川少尉と私の三人が、横浜・磯子の料亭「偕楽園」へ同行した。初めての料亭《レス》で、渡り廊下の先の、海が見える離れの静かな部屋に通された。

大勢の士官が出入りする横須賀の料亭「魚勝」とは、趣《おもむき》がまったく異なっていた。横浜には、横浜空から八〇一空に名を変えた飛行艇部隊の、横浜水上基地があり、そこに勤務する士官にとって、静かなくつろぎの場所だったに違いない。伊達大尉が水上機出身なので、この料亭になじみがあったのだろうか。

借楽園でなにが話されたのか、いまは記憶がない。今後は横空夜戦隊も出撃する、との申し渡しをされたような気もする。

同じころだったか、隊長が「みな、集合」と隊員たちを呼び集め、龍田大尉（十二月に進級）が夜戦隊付になったことを知らせた。さきに述べた、久邇宮家から臣籍に降下した伯爵である。

「お前たち、言葉に注意せよ。猥談《へルだん》なんかお耳に入れるな。食器は殿下専用のものだから、間違っても使うなよ」

われわれは「困ったな。どうしよう」と苦笑しながら顔を見合わせた。

なんでも、赤外線応用の通過感知装置が龍田大尉の研究課題だったそうだ。暗夜における実験を要する点から、夜戦隊付の辞令が出たらしいが、結局一度も指揮所に顔を出されはしなかった。

誘導実験、不首尾ののち

山田隊長についての多くの思い出のうち、早春のころのできごとを記してみる。

二月末のころ、隊長が指導する藤沢電探基地と、私のペアの乗機「月光」ヨ-101に装備した電波発信機とによる、電波誘導実験が実施されたが、なかなかうまく行かなかった。「月光」の電波発信機の不調が要因だったようで、中止の指令が出た。

基地に帰って肥田技術大尉に実情を話したのち、装備の関係箇所にいろいろなチェックがなされた。私の操作法にも問題があるかも知れず、技術大尉と打ち合わせを進め、隊長への報告をどのようにするかも話し合った。

テスト不首尾の気分転換に、一杯やろうと決まる。夜を待って、技術大尉、整備の吉田少尉との三人で料亭「魚勝」へ行き、一階の片すみの部屋で、明日どのように隊長に報告するのかを話しながら、酒を飲み始めた。

そこに仲居が顔を出し「黒鳥さん、山田さんが二階の部屋でお呼びです」と言う。お互いに知らずに来店したのに、どうして隊長に分かったのか。店の者が気を利かせたつもりで伝えたのかも知れないが、驚いて返事が出なかった。

本来なら原因探究と改善策の検討に時間を費やすべきときなので、バツが悪い。恐る恐る隊長の座敷へ出向き、あいさつをした。

隊長はワイシャツ姿で胡坐《あぐら》をかき、ギターを抱えていた。寒いのに、窓は開けてあった。当時はギターは珍しく、私は奏者を見たことがなかった。隊長がつまびく調《しらべ》を、正座で聴く。しばらくして指を止めた隊長は、ひとことも訓戒など垂れず、静かに「今夜は隊に帰りなさい」と付け加えた。

隊長が「魚勝」に来て、電波誘導を全《まっと》うするための策を考えていたのは明白だった。ほかの部隊で同じ状況になったなら、われわれはきつく叱られたであろうし、さらには殴られたかも知れない。

〔この電波誘導実験は電波発信機の不調のため、方式を変更。横空が神奈川県茅ケ崎《ちがさき》に出した派遣隊に、陸軍が開発した味方識別・位置測定用の電波誘導機タチ一三号と、海軍の高度測定用六号一型電波標定機を設置して、「月光」との連係による無照明戦闘の実用実験へと進んだ。茅ケ崎派遣隊が敵位置のデータを無線電話で「月光」へ送り、「月光」は該当空域へ移動ののち、装備する十八試空二号無線電信機二型／FD－2機上用邀撃《ようげき》レーダーで、B－29を捕らえる、とい

「月光」ヨ-101の機首下に立つ吉田中尉（進級後。左）と肥田技術大尉。機首から突き出たFD-2レーダーの４本の支柱に、各々10本ずつのアンテナが付いている。左の「栄」エンジンは発動中。

う手順である。四月二日の未明、工藤重敏飛曹長と市川通太郎少尉が搭乗のヨ-103号機が、東京・八王子上空で敵機の反射波を陰極線表示管に捕らえたが、目視可能域まで到達できなかった」

十三期予備学生出身者は三月に中尉進級、とのうわさが流れた。実際に一日付の進級者がいたが、私は該当しなかった。

三月に入ってまもなく、山田隊長に命じられて夕食後に私室を訪ねた。まず家族についてたずねられ、隊長と兄が同《おな》い年と分かった。互いの進学過程をなつかしそうに比べた隊長は「もし兵学校に入らなかったなら、浦和高校から東大へ進み、電車の設計をやりたかった。家庭の都合で兵学校へ行くことになったんだよ」としみじみと語った。

それから話題を変えて「自分の体験からも言えることだが、少尉のあいだに任務を広く充分に知ることが大切で、不充分な場合には進級後にたいへん苦労する。現在の任務をしっかり身に付けるように」と諭《さと》された。なぜこんな話を聞かせるのか、このときは理由に思い及ばなかった。

あとになって、私が三月の進級にもれたこと、市川分隊士の中尉進級が五月〔一日付〕に予定されていたことを、踏まえた上での隊長の配慮だったと思いいたった。

日華事変の初期から実戦に参加し、ラバウル、ソロモンで多大な戦績を記録した市川分隊士が、昭和八年に海軍入隊後一二年かかって中尉に任じられる。予備学生で入隊してわずか一年五ヵ月後に、ろくに実力を備えていない私が同じ中尉に、しかも二ヵ月早く進級するのは、やはり不合理に思える。

とはいえ、同期生の一部が三月一日付で中尉になったのを見て、不満を覚えたのは事実である。

横空にいた老兵たち

よその部隊にいた同期生が、少尉に任官後も、兵学校出の若い士官から修正された話を、戦後あちこちで聞いた。山田隊長の存在のおかげもあったはずだが、私はそうした目には遭《あ》わずにすごせた。

しかし私は、兵を殴ったことが一度だけある。年配の召集兵が目立つようになった、三月ごろのことだった。

自転車で指揮所へ向かう途中、兵長クラスのまだ十代の若者が一人で、敬礼の仕方が気に食わないからと、四十代の老兵二〜三人を拳《こぶし》で殴っているのを見かけた。私は自転車を降りて制止し、老兵たちを「早く行け」と去らせてから、「お前の親父くらいの者を殴って、恥ずかしくないのか」と兵長を叱り、殴り倒した。

きびきびした年若い志願兵の目には、彼らの緩慢《かんまん》な動作が許せなかったのであろう。階級が上でさえあれば、相手が二倍以上年長の者であろうと、欠点を指摘し修正を加える行為は、軍隊では正当である。それをとっさに了承しかね、一般世間の感覚で手を出してしまったのは、娑婆《しゃば》っ気が強い予備士官気質《かたぎ》の表われと言われても仕方がない。

夜戦隊の整備分隊にも、雑用係として配員された老兵がいた。本職は東京・三軒茶屋《さんげんぢゃや》の理髪店主である。隊員の調髪が主な仕事だったらしく、整備の先任下士からの指図を受けて、五月下旬に私の頭を整えにくるようになった。

ガンルーム士官が長髪にすると、士官室士官からガーガー言われるのが常であった。私も少尉だからと坊主頭にしていたが、いつ戦死するか分からないから、一度くらいは長髪にしてみようと、四月の末からそのまま伸ばしていた。

「班長の命令で、分隊士の散髪に参りました」

もと床屋の中年兵は道具の箱を持って、指揮所のとなりの部屋に現われ、さすがに手ぎわのいい仕事をしてみせた。ご苦労賃に酒をすすめると、湯飲み茶碗についで実にうまそうに飲んだ。

私は酒をあまりやらないので、従兵が運んできてくれる割り当ての清酒の一升ビンが、何本もならべてあった。酒が好物の中年兵は、これを目当てに三日に一度は「ヒゲを剃《そ》りに参りました」とやってきた。仕事中は話しぶりまですっかり床屋のオヤジにもどり、あれこれ適度な世間話をして退屈させず、整え終わると嬉しげにキュッと一杯やって、引き上げていくのであった。

髪が伸びてそれらしくなってくると、整髪料がいる。当時はいまのような液体系はなくて、たいていポマードか、それより固いチックを使ったが、戦争の末期には調達困難な貴重品で、どちらも手に入らなかった。

衣類は統制品で金銭では購入できず、衣料切符との交換が原則であった。私も切符をもっていたが、横空では従兵に頼めばなんでもそろう（俸給から引かれたのだろうが、その意識すらなかった）。これに対し民間では、「魚勝」のような海軍御用の料亭でも、仲居や芸者に必要品が行きわたらず困っていた。

そこで芸者に「これ（衣料切符）を、ポマードかチックと交換してくれないか」と頼んだ。消耗品の足袋《たび》が不可欠な芸者は、喜んで手持ちのチックと取り換えてくれた。

第四章　苛烈な夜の邀撃戦

発進を待つあいだ

昭和二十年（一九四五年）三月十日未明の東京夜間空襲ののち、名古屋、大阪、神戸、ふたたび名古屋と、大都市が大規模な夜間の焼夷弾空襲を受け、手ひどい被害を生じた。横空夜戦隊も臨戦態勢に移行し、出撃準備を整えて待機した。四月二日未明、四日未明、十三日夜と、東京の軍需工場を目標に来襲するB－29に対し、伊達大尉の「彗星」夜戦と、工藤飛曹長、徳本上飛曹の「月光」が邀撃に発進したが、戦果を得られなかった。

四月二日の戦闘詳報には、徳本上飛曹とのペアで私がヨ－101号機に搭乗し、午前二時半ちかくに出撃した旨が記されている。記述どおりなら、自分にとってこれが初出撃になるが、そうした作戦飛行に従事した覚えがあまりない。実質的には哨戒飛行で、徳本兵曹を信頼しきっていたために、記憶が浅いように思える。四日と十三日は私は地上待機で、出撃許可は出なかった。

整備員の努力によって、第七飛行隊の「月光」二機と「彗星」二機は可動状態が維持され、また搭乗員一〇名ほどはいつでも応戦可能なように体調を整えていた。空襲のさいには横鎮から横空へ情報連絡があり、それを飛行隊士の私が最初に受けて、山田隊長に報告し、指示を聞いて隊員に伝えたことがしばしばあった。

外出時には、空襲情報を確認してから、家に一泊するのが通例だった。夜中に警戒警報が発令された場合、「だいじょうぶ、今夜の空襲はないよ」と家族に話した。それが隣組の組長に知られ、私の在宅時に警報が鳴っても「黒鳥さんの息子さんが帰ってきているから、空襲の恐れなし」と合点して、起き出てこなかったそうである。

B－29の来攻状況は、小笠原諸島、八丈島の通信基地、洋上の監視船からの情報が、横鎮防空指揮所に届き、それが横空通信室をはじめ各部隊に伝達される仕組みだった。

四月十五日も夕方に「大編隊北上中。敵目標は関東か中京地区のいずれか不明」との情報がもたらされた。すぐ隊長に報告し、来襲に備えて準備するよう隊員に伝える。「今夜は出撃できるかも知れない」と、張りつめた気持ちで倉本上飛曹と話し合った。敵は大編隊を組んだまま本土上空に侵入し、わが防空戦闘機と激しい銃撃戦を交わしつつ、爆撃を行なうものと思っていた。

夜間戦闘機「月光」11甲型（試作機）
倉本十三上飛曹―黒鳥四朗少尉搭乗機

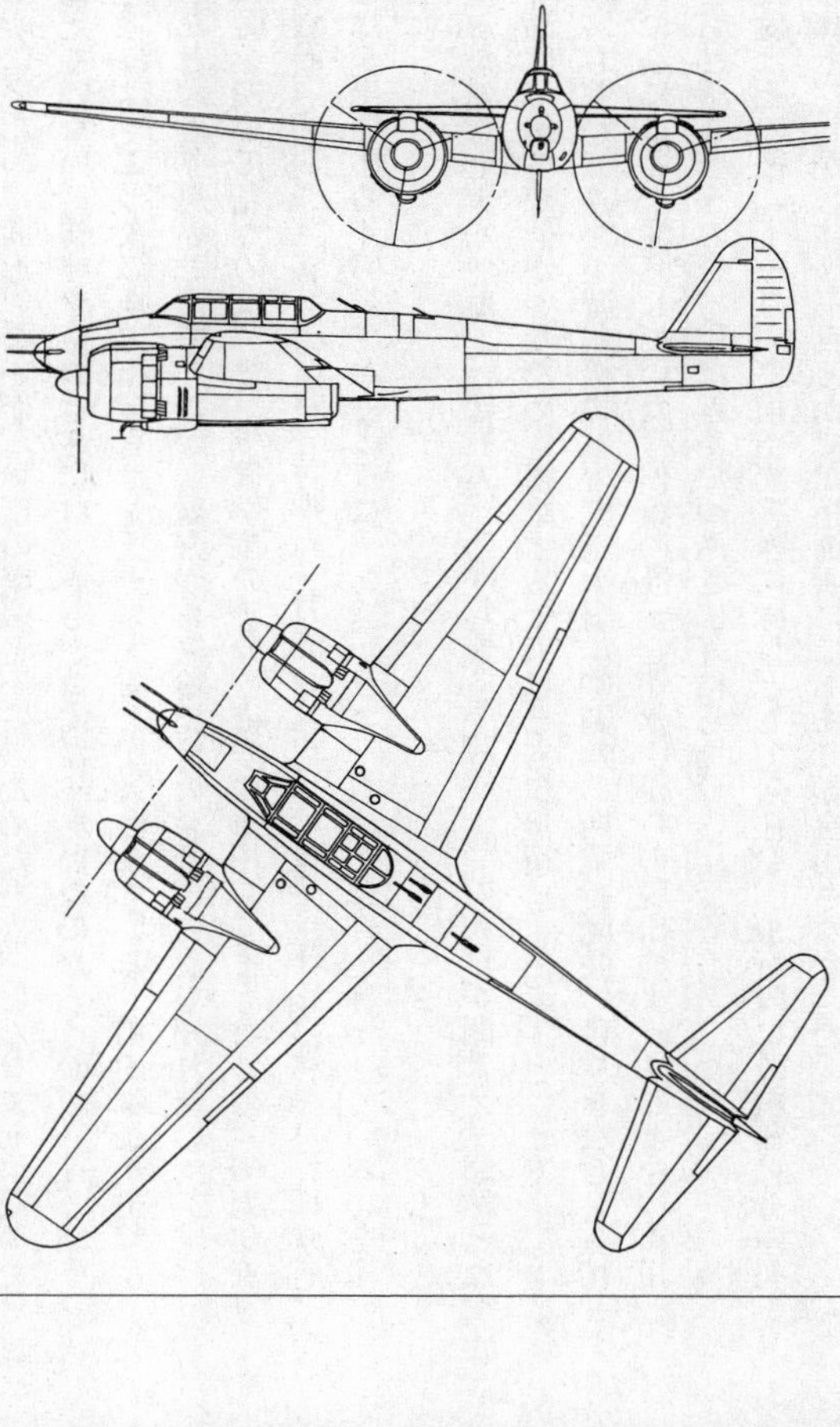

「月光」ヨ－101、ヨ－103の二機、「彗星」一機（おそらくヨ－152）の試運転と点検が始まった。指揮所にいたのは間違いないが、極度の緊張と不安のためだろう、どんなようすだったかよく覚えていない。初陣《ういじん》を待つときには、誰もがこんなぐあいなのだろうか。

戦闘詳報には、この夜の地上指揮官は児玉秀雄大尉と記入されている。山田隊長が出撃命令を下したとばかり思いこんでいたが、緊張から来る記憶の混乱なのかも知れない。

児玉大尉を初めて見たのは、まだ予備学生の身分で横空に着任してまもなくの、十九年五月下旬の黎明《れいめい》である。千葉県の香取基地の「月光」（第三二二航空隊・戦闘第八〇四飛行隊）の編隊が出発するから見ておくように、と言われて、数機が爆音を響かせているのを注視した。

一番機が離陸してすぐ、海上に落ちた。「隊長機、不時着！」の大声が聞こえ、騒然となったが、高度と速度が低かったため、搭乗する二人はともに無事。

飛行場にもどってきた不時着機操縦の児玉大尉（戦闘八〇四飛行隊長）は、きびしい表情で整備員になにごとか注意していた。偵察の准士官が水中からの脱出のようすなどを、市川分隊士たちと話し合うのを、私は近くでつぶさに耳にした。

児玉大尉はその後（十一月）に横空夜戦隊に隊付として着任し、飛行隊に改編後は分隊長に任じられた。しかし体調不良とかで、指揮所にはあまり顔を出さなかった。

伊豆諸島に沿って北上したB－29群が、本州太平洋岸に到達した四月十五日の午後十時すぎ、横須賀地区に空襲警報が発令された。その二〇分ほどのち、徳本上飛曹―山崎上飛曹〔前が操縦、後ろが偵察。階級上位者あるいは先任者が機長を務める〕ペアの「月光」ヨ-103が発進した。

B-29の爆撃が始まって、東京南部から川崎にかけての市街地に火災が発生し、広範囲に燃え上がるようすが基地からも見えた。隊長をはじめ夜戦隊の面々は指揮所で、黙ったまま遠くに広がる炎を見つめるだけであった。

ついに初交戦！

山崎機が離陸して一時間後の午後十一時半、山田隊長から「黒鳥少尉、出撃」が下令された。

「黒鳥、倉本、ヨ-101（よのいちまるいち）で出発します！」

大声で叫んで指揮所をとび出し、一〇〇メートル近く走って、草地の駐機場《エプロン》に置かれた「月光」に乗りこんだ。すでにエンジンは発動している。内心は「やった！　戦闘ができる」の思いでいっぱいだった。

このとき忘れ物に気づいた。これを身に付けるようにと、母からもらった御守《おまもり》である。初交戦になるやも知れず、持っていないと落ち着かない。左主翼の前方にいた整備員を、手招きで呼んだ。

手掛けと足掛けを使って上がり偵察席に首をつっこんだ整備員の、耳元に大声で「俺の机の引き出しに御守がある。皆に分からないように至急、持ってこい」と伝える。指揮所へ駆けていった整備員は、すぐ御守を手にもどってきた。

エンジンは快調だ。「倉本、出発!」。伝声管からの合図を聞いた倉本上飛曹がブレーキを解くと、乗機はスルスルと動き出した。

横空に来てからこのかた、私には実弾を使った射撃訓練の経験がまったくない。離陸から二分ほどして「分隊士、試射します」と前席からの知らせ。高度はまだ二〇〇メートルあたりだ。四～五分後に実施するものと、のちになって知ったが、倉本上飛曹も緊張していたのだろう。「よし」の返事に続いて、ひどく大きな射撃音が響いて驚いた。初めて体験する試射、しかも三梃同時発射だから無理はなかろう。

上昇を続け、高度がどんどん高まる。川崎、東京の炎上を映《うつ》して、空が真っ赤に染まっていた。あの空へおもむいて戦うのだと思うと、期待と不安、好奇心と恐怖感が混じり合い、武者震《ぶる》いというものか強い緊張で肩のあたりが震えた。背中を汗が伝ったのは、あとにも先にもこのときだけだった。

川崎の空域に達したとき、高度は二五〇〇～三〇〇〇メートル。B-29の大群と出くわした。地上の火災の明るさに浮き出た、初めて間近で見る銀色の巨体が、上空をおおう。前を

「月光」とB-29同率比較図

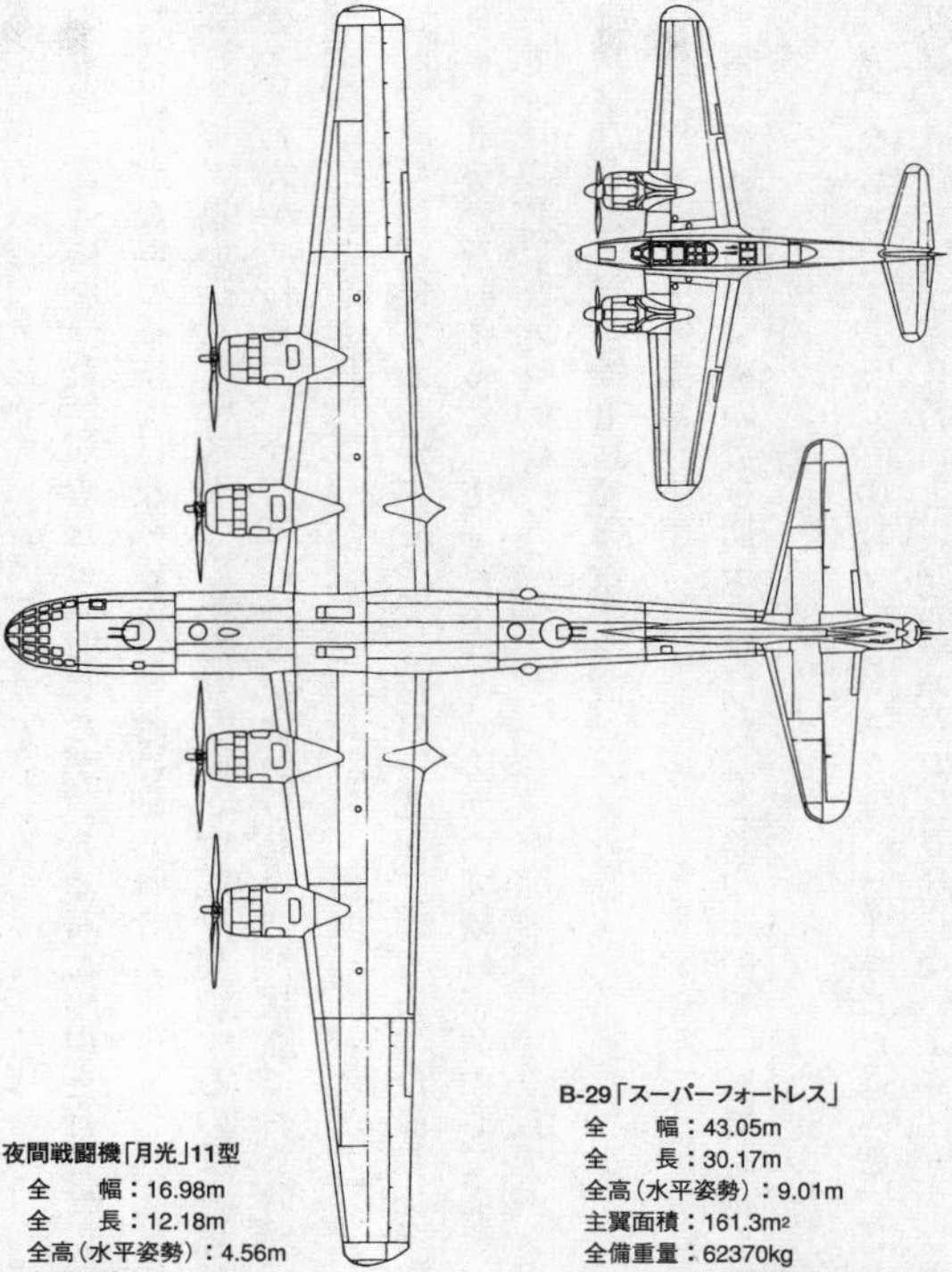

夜間戦闘機「月光」11型

全　　幅：16.98m
全　　長：12.18m
全高（水平姿勢）：4.56m
主翼面積：40.0m²
全備重量：6900kg
エンジン：2基（各離昇出力1130馬力）
最大速度：507km／時
武　　装：20㎜斜め銃4梃
乗　　員：2名

B-29「スーパーフォートレス」

全　　幅：43.05m
全　　長：30.17m
全高（水平姿勢）：9.01m
主翼面積：161.3m²
全備重量：62370kg
エンジン：4基（各離昇出力2200馬力）
最大速度：581km／時
武　　装：12.7㎜機関銃10梃
　　　　　20㎜機関砲1門
爆　　弾：9070kg
乗　　員：11名

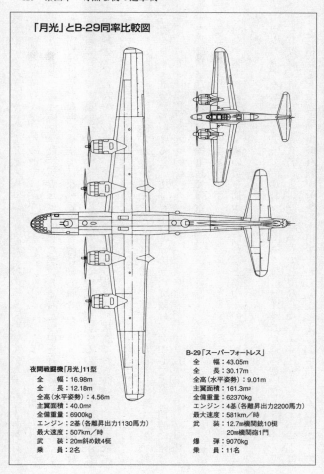

飛ぶ敵、後ろからやってくる敵、周りはB－29だらけのうえ、たいてい「月光」より速いので、倉本上飛曹も攻撃目標の選定に迷っていた。

前方の敵機が間近になった。斜め銃を発射したが、ちゃんと照準を合わせていないのだから、当たるはずがない。横空では夜戦の位置を敵に知られないように、光を放つ曳跟《えいこん》弾を弾倉に組みこんでいないから、弾道がどのあたりなのか肉眼で判別するのは無理である。不なれにあせりと上気《じょうき》が加わり、どうしていいのか分からない精神状態におちいって、前を飛ぶ敵にいたずらに乱射をかさねた。

飛びまわるうちに、後方からかぶさってきたB－29が、前上方の位置に出てきた。斜め銃三梃を倉本上飛曹が斉射すると、尾部に二〇ミリ弾がたて続けに命中して爆発。同時に敵は降下し、煙の中に沈んでいった。

これは撃墜だと思い、無線電話で報告する。

「こちらウシワカ、カモ一機撃墜！」

記念すべき初戦果だが、次の機を捕まえなければと夢中なので、感慨を抱くゆとりなどなかった。

ウシワカすなわち「牛若」は私の機、つまりヨ－101、カモすなわち「鴨」はB－29を意味する。以前、電話で使う固有名詞を、他部隊のものと混乱しないよう、分かりやすい符丁《ふちょう》に変える相談をしたとき、実戦経験が最多の市川少尉から「たとえば『牛若』とか『弁慶』でもいいよ。基地は『御座敷《おざしき》』にしなさい」と言われ、私は「牛若」を選んだ。

次の目標を求めて、大火災の東京に至る。B－29に近づいて後下方に占位でき、攻撃すると主翼の付け根部、ついで外翼部から発火した。もう一撃を加えようとしたら、倉本上飛曹が「分隊士ーっ、機銃故障しました！」と叫び、「体当たりしましょうか」とたずねてきた。

予科練で叩きこまれた見敵必殺の精神が、言わせた言葉なのだろう。いったん修理に降りて再出動すればまたB－29を捕捉できよう、と判断して伝えた。

「基地へ帰れ。機銃を取り換えてまた上がろう。すぐに直せる」

「分かりました。基地に帰ります」

上飛曹は敵機から離れ、機首を横空へ向けた。「オザシキ、こちらウシワカ、機銃故障。ただちに引き返す」と報告する。離陸から約四〇分がすぎていた。

夜中でも地形はうっすら見え、夜間飛行訓練のおかげで横空を容易に識別できた。

戦果に水をかける飛行長

帰投して機から降り、寄ってきた整備員に「機銃の故障をすぐ修理しろ。また飛ぶぞ」と命じて指揮所へ向かう。

機銃に関する知識などろくになく、かんたんに直せるだろうと考えていた。火災の東京への再出動は自分の職務なのだ。一戦を交えて、気持ちに落ち着きが出た感じがあった。

指揮所で、山田隊長の前に倉本上飛曹と立ち、緊張と興奮を覚えつつ報告した。

「一機撃墜、一機撃破。機銃故障により帰りました。機銃が直りしだい、また出発します」

どうなれば撃破で、どこからが撃墜かという定義も、これまでに習ったことがなく、自己流の判断である。

先に上がっていた山崎機ヨ-103も帰ってきた。山崎上飛曹は二機撃墜の戦果や戦闘状況を、私とは違って、落ち着いてきちんと報告した。

横空夜戦隊の初出撃だったから、飛行長の飛田《とびた》清中佐が指揮所にやってきた。この職には珍しく、搭乗員出身ではない飛田中佐は、隊員からの評判がかんばしくない人物だった。

戦闘状況と機銃故障を述べた私に、肥った身体の飛行長はきびしい言葉をならべた。

「予備士官、予科練はなっとらん！　機銃故障の原因が、撃針の曲がりとはなにごとだ。弾丸をむだに使って、一発いくらすると思うか。八〇円だぞ。それも、北海道の部隊から取り寄せたものなのだ」

〔日本海軍が国産化を決定する以前、昭和十年当時のエリコン二〇ミリFF型機銃（のちの九九式一号機銃）の通常弾は、一発につき約四・八ドル、邦貨に換算して二〇円前後だった。これは輸入品の値段なので、国産化し大量生産すれば、ライセンス料を支払っても当然のこと格段に安くなる。二十年における八〇円は銀行員の初任給に等しく、インフレを考慮しても飛田中佐の言う価格は高額にすぎよう。ただし、たとえ高額であろうとも、B－29の製造価格は五一万ドルだから、何百発撃とうと弾丸の費用など問題にならない。零戦や「雷電」は二〇ミリ弾を、ふんだんに消費していた。なお「北海道の部隊」とは、「月光」装備の戦闘第八五一および第八〇四を一時的に指揮下に入れた、北東航空隊のことと思われる。両飛行隊の転出で残った二〇ミリ弾を取り寄せたのだろう」

飛行長は指揮所に来る前に、兵器整備分隊士あたりから、使用弾数と故障原因を伝えられていたらしい。どちらについても、この時点ではまだ私は知らなかった。連射の熱によって撃針が曲がる、撃針欠損《うちばりけつそん》で故障したのであった。

当時、少尉の本俸が七五円、航空加俸九〇円（夜間飛行）、戦地手当三七円五〇銭と記憶する。驚くほど高価な弾丸を多量に使ったとはいえ、撃墜、撃破を果たしたのに、どうしてほめられないのか。そもそも、以前に一度も実弾を使ったことがなく、効果を知らないのだから、弾丸の節約など到底無理な話ではないか。

それどころか予備士官、予科練出身であることを非難されてくやしく、飛行長が帰ってから「なんで怒られなきゃいけねえんだ」と倉本上飛曹と憤慨し合った。山田隊長は「まあ気にするな」と言っただけであった。

このあと何日かして、兵器員から「二号銃三型を四型に変えました」との報告を受けた。九九式二号二〇ミリ機銃三型は、一〇〇発弾倉に九〇発を、徹甲通常弾、通常弾、焼夷通常弾（黄燐を使用）を組み合わせて詰め、前述したように曳跟弾は用いなかった。三梃の二号三型銃のうち、二梃の後方に追加した一梃を、弾帯給弾式の四型銃に換装し、弾数は二〇〇発に増やされた。改修を請け負ったのは、隣接する第一技術廠（二月に航空技術廠を改編・改称）あたりではなかろうか。

待遇一変

就寝は午前三時か四時だった。起きたのは昼すぎで、飛行長の言葉がまだ耳に残っていて、気分はよくなかった。

指揮所の電話を使って、前に食事の件でもめて「B－29を落としたら、殴る」と言いわたした、食卓係の先任下士官を電話口に呼び出した。

「お前は約束を覚えているな。役立たずの予備士官の俺は、B－29を確かに一機落とした。お前を殴るから、俺のところへすぐに来い」

「はい」と返事があったが、ほかの言葉はなかった。彼がやってくるのを、指揮所のとなりの私室でいっしょに待つ吉田少尉は「おい黒鳥、これだけナメられたんだから、叩きのめしてやろう」といきまいた。

しばらくして現われたのは、主計科の准士官である。年配の主曹長は「失礼なことを言って申しわけありません。許していただけませんか」と、ていねいに詫びを述べた。

ガンルームでの立場、飛行長の口調など、予備士官への対応の不満も手伝って「今回は絶対に許さない。先任下士を呼べ！」とつっぱねた。吉田少尉も「どうしても連れてこい。男同士で約束したんだから」と強く言い放った。

このやりとりが、となりの指揮所に聞こえたのであろう、ふだん着の三種軍装の伊達大尉が姿を見せた。下士官から役立たずと侮辱されては引き下がれない、と興奮ぎみに私が説明するのを黙って聞いたのち、大尉は静かにこう答えた。

「黒鳥少尉、話は分かった。怒るのも無理はないが、それぞれの職場でいろいろなことがあるものです。いま事を荒立てても、お互いに得るところはない。私の海軍生活でも、いろんなことがあった。まあ、許してやって下さい」

落ち着いた伊達大尉のていねいな語調によって、いくぶん感情がしずまった私は、飛行時数三〇〇〇時間の大先輩の仲裁を受け容れることにした。

「先任下士にお詫びをさせます」と言って主曹長は立ち去り、一時間ほどして本人を連れてきた。ちぢこまって「申しわけありませんでした」と謝り、二度三度と頭を下げる。

「分かった。水に流そう。ただし、メシを指揮所へ持ってきてもらうよ。夜間待機があるから」。そう言って、私はこの件をしめくくった。

その後の烹炊所の対応は一変した。

主計兵がきちんと食事を運んできたのはもちろんのこと、ガンルーム食よりも上等な士官室食ももたらされ、甘味品やタバコなど、頼めばなんでも、どこへでも届けてくれた。私に対してばかりではなく、夜戦隊員全体への接し方も目立ってよくなった、と皆から喜ばれた。先任下士の指図によるものに違いない。私はあらためて、下士官兵の頂点に立つ者の威力を思い知ったのである。

食事は部屋でとることが多かったが、夜間訓練後の睡眠から目ざめた昼すぎに、あるいは外出時の早めの夕食をとろうと、ガンルームへ行ってみると、すでにメインテーブルにちゃんと名札を立ててあった。もう少尉として古手になっていたから、メインテーブル組に入るのはおかしくはないけれども、たまにしか来ない私のために常に名札が立つのを、他の士官連中は不思議そうな目で見ていた。

酒が苦手なので、ウイスキーなどは兵員にまわしてやっていた。そのかわりにタバコはよく吸った。外出で帰宅するときや、このころ一技廠で地下発電装置の工事指導をしていた三菱電機技術者の父が来隊したときには、従兵に頼むと、一〇箱入りのひと包み（いまでいうワンカートン）を持ってきてくれた。「金、払うよ」と私が言っても、「任せて下さい。ちゃんとやっておきます」というぐあいである。

こうしたそれぞれの処置の裏側に、食卓係先任下士の配慮がほどこされているように感じられた。

打たれた注射は「暗視ホルモン」

横空は二十年の初めごろから臨戦態勢の度合を強め、諸施設全般の地下化に着手。予科練生の若者や台湾出身の労務者ら多数が参加して、野島、夏島に大規模な地下壕が掘り進められ、諸設備を壕内へ移す。

野島の南側（滑走路側）の海が埋め立てられて、地続きに変わった。基地周辺の家屋の強制撤去により、広場を造成。鉈切山《なたぎりやま》に造った地下壕には、医務科が入るための診察室や病室など医療施設の設置と、各種設備を移動するための工事が続いた。

野島の地下壕の出入口は、幅、高さとも四～五メートルもあって、トラックのような車輌も出入りできた。その奥はトンネルが掘りめぐらされ、奥まった位置に作られた八畳間ほどの居室が、肥田技術大尉との二人用に割り当てられた。だが湿度が高く、じめじめした感じなので、私物を置くにとどめ、これまでと同様に指揮所のとなりの木造小屋ですごしていた。

飛行作業でより有効な攻撃法を模索していた四月下旬、指揮所の隊内電話に「軍医長のお話があるから、来ていただきたいのですが」と、衛生兵から私への連絡があった。なぜ軍医長に呼ばれるのか不思議に思いながら、居合わせた市川少尉にその旨を報告して出かけた。

鉈切山の地下工事で混雑する現場の、前に建てられた木造建物。その中にある、やはり八畳ほどの広さの軍医長室に入ってあいさつする。

「黒鳥少尉、まいりました」

机の前の椅子から立ち上がった笑顔の鈴木慶一郎軍医中佐は「連日連夜ごくろうさまです。大変ですね」と、温和な口調で語りかけた。

「実は、ドイツで開発された、夜間でもよく見えるという暗視ホルモンを入手できたので、あなたに注射してあげる。その効果などは、軍医に報告して下さい」

腰かけて左腕の袖をめくる。別段どうという感じも抱かず、気軽な気持ちであった。鈴木軍医長はそばに立つ軍医官を示し、「夜戦の担当は、この脇《わき》少尉だよ」と紹介した。手ぎわよく注射されたが、軍医長と脇義寛《よしひろ》軍医少尉のどちらが打ったのかは記憶していない。

脇軍医は熊本出身で、九州医学専門学校（現在の久留米大医学部）を卒業して着任したばかりの、剛毅《ごうき》なタイプの医師である。

その後、脇軍医は指揮所に来て、倉本上飛曹にも暗視ホルモンを注射した。打たれたのは二人だけだが、この注射について取り立てて話し合いはせず、「夜目がよく利くそうだよ」と聞きかじりを口にした程度だった。

夜戦搭乗員として新人である予備士官の私なら、薬効についてのデータを得るのに好適、と見なされたのではなかろうか。倉本兵曹も邀撃戦に関しては経験が浅いから、やはり効用を調べやすいとの判断で、われわれのペアが選ばれたように、いまになって推測される。

暗視ホルモンの注射は、夜間哨戒および出撃のときに必ず脇軍医が指揮所に来て、私と倉本兵曹に打った。数日に一度の割合で、二人とも別段なにも感じなかった。ときどき飛行場の暗闇に連れ出され、注射の効果をたずねられたが、変化はほとんどなかった。

「暗視ホルモン」初注射の日に写した横空の軍医官たち。左から秋葉正雄軍医中尉、脇義寛軍医少尉、偶然いあわせた鶴健一主計少尉、鞍立歯科軍医少尉、伊藤軍医中尉。左側の木造建物が医務室だが、すでに大部分は鉞切山の地下壕内に移っていた。右後方は地下壕造成の残土か。

昼間にはサングラスを常用するよう命じられていた。かなり濃い黒色の丸いガラスである。隊内では夜戦搭乗員と分かっているので、誰にもとがめられなかった。しかし、厚手の綿の白い半袖防暑服と白ズボン、白靴をはいた姿で中野の自宅へ向かうさい、黒サングラスとの組み合わせだと異様な風体《ふうてい》になるため、外して出かけた。

隊内と民間の食糧事情

戦局が押し詰まってきた影響の表われだろう、天下の横空にも食糧自給自足の波が打ち寄せてきた。

召集兵たちの入隊前の職業を調べて、農業、牧畜、漁業の適任者を選び出した。夏島の海側の広い土地に畑を作り、柵を設けて牛を飼育。手漕ぎの舟を集めると、軍港付近で漁を行なわせた。

釣りが趣味の整備の第十四分隊長・諸井大尉は、投網《とあみ》をかついで、水上基地のスベリ（滑走台）の角の溜まりへ出かけ、群れているボラをひと打ちで三〇匹ほども獲《と》っていた。また手漕ぎ舟も上手にあやつり、漁労班を率いるのにもってこいの人であった。

林学を専攻したのに、高等農林を出たのだからと、私は農耕班長を仰せつかった。牧場担当の下士官が、牛乳を一升ビンに入れて持ってくる。また、グラマンの機銃掃射の犠牲になった牛の肉ももたらされた。

「班長、牛肉持ってきました」と班員の下士官からもらった二〜三キロのナマの牛肉を、腐る前にと、夕食もそこそこに中野の家へ届けにいき、腰も落ち着けず、夜間待機のために帰隊した。ナマ肉の鮮度や腐敗の知識は、まるでなかった。

それから半月あまりのち、外出で家に帰って両親と食事したとき、おかずに焼いた牛肉が出た。世間のようすをろくに知らない私が、牛肉の配給があったのかと聞くと、母は「これはあなたが前に持ってきたお肉ですよ」と言う。

「ナマだったけど、腐らなかったの？」と私。

「お味噌に漬けておいたから大丈夫。食べなさい。大きなかたまりだったから、ご近所に差し上げたら大喜びなさったのよ」

隊内の食事はなんの不足もなかったから、民間で肉が貴重品とは考えもしなかった。横空で自給態勢が始まった理由が、やっと分かったように思えた。

家に帰るさいにはマリアナの米軍の動き、空襲の有無の予測をかならず調べておいた。夏用の二種軍装は暑苦しく、汗がしみ出るので、前述の白シャツの防暑服を着用した。

左の胸ポケットのすぐ上の位置に、直径一センチほどの紺色布製の武官マークを付けたが、階級を示すものではないので、敬礼を受けたりせず、気が楽だった。

また、濃紺の一種軍装で外出するときには、上に薄手のコート〔厚地で金ボタン付きの将校外套《がいとう》ではなく、第二種将校雨衣〕を着ることにした。尉官を示す桜の徽章《きしょう》が一個、襟《えり》に付くが、階級は分からない。だから敬礼も答礼もしなくてすむ。

家は省線電車（のちの国電）の中野駅から歩いて二〇分ほどで、途中に陸軍の憲兵学校、通信隊などがあり、陸軍将校や隊列に会うことがしばしばだった。相手にはこっちの階級が分からない。視線を遠方へ走らせる搭乗員の通例として、目つきが相当悪かったらしく、中尉はもとより大尉までが敬礼してくれた。それが結構うれしくて、相手の顔をじっと見ると、必ず挙手の礼を受けられることを発見した。

家に帰ると、集まってきた近所の子供たちにアメを配ってやる。民間は甘いものが手に入らないから、私の外出を楽しみに待っていたそうだ。

姉と弟、末の妹は仙台の郊外の知人宅へ疎開し、兄は二度目の応召で内蒙古《うちもうこ》に駐屯中で、自宅には両親とすぐ下の妹の三人が住んでいた。

泊まるときには、かならず風呂がたてられた。サワラの木の湯船に誰はばかることなく身を沈めると、安らぎにひたることができた。これが最後になるかもと思うのか、いつも母が背中を流してくれた。

翌朝は午前四時三十分に中野駅を発車する一番電車に乗らないと、帰隊時刻の七時半に間に合わない。母はいつも道路まで出て見送ってくれた。

前に少しふれたが、父は当時、三菱電機の技術顧問として、横空のとなりの第一技術廠に設置される、地下発電装置の技術指導に来ていた。一技廠には、かつて技術見習尉官の受験に同道した、学友の小鷹孝男技術少尉が勤務しており、父は彼の案内で横空に面会にやってきた。

地下壕のしめっぽい私室で、父といっしょに食事をとった。出された料理は民間では望めない内容で、父は大喜び。私は食欲がないので、自分の分を父の弁当箱に詰めてやり、高級タバコの「桜」一〇箱入りの包みと航空糧食も持ち帰らせた。

それ以後、父が面会に来るつど食事を共にし、タバコなどをみやげにわたした。肉料理が多かったが、これが父の大好物で、タバコにも目がなく、喜ぶ表情を見て、少しは親孝行できたような気がした。

地下壕入口の西側に造られた、「月光」一機を入れられるコンクリート製の頑丈な掩体壕。父の来隊時、そこに私の乗機のヨ－101号機が置いてあったので、「見せてやろうか」と案内したところ、「大きな飛行機だなあ」と驚いていた。

汚さないように靴を脱がせ、主翼付け根の上に上がらせて、「俺はここに搭乗するんだよ」と偵察席の中の説明をした。初めて飛行機にふれ、機内をつぶさに見た父は、ただ驚くばかりであった。自分がこの「月光」と運命をともにする任務を、知らせておきたかったのである。

燃料に酔った

戦争末期の燃料不足は、いろいろな本や文献に書かれている。私も横空でいくつか関連的な体験をした。

時期は定かでなく、二十年に入ってからと思う。使用燃料はすべて九一オクタンを使っていたところへ、八七オクタン〔陸軍が主用〕を混用すべし、との通達が出された。前者は大出力が必要な離着陸、指定高度への上昇、空戦に用い、水平飛行や哨戒時には後者へと、燃料タンクを切り換えるのである。

機内槽と増槽を合わせて一〇個のタンクに入る、およそ二四〇〇リットルの燃料を、どのように二種に区分したのか、あるいは予定のまま実行に移されなかったのか、私には分からない。

しかしアルコール燃料(エタノール)については、テストで飛んだのをはっきり記憶している。

倉本上飛曹とのペアで「月光」ヨ-101に搭乗。離陸と上昇に普通の航空ガソリンを使い、高度三〇〇〇~四〇〇〇メートルで水平飛行に移ってから、アルコールに変更した。機内にもともと染み付いたオイル臭を押しのけるように、しだいにアルコールの匂いが強まってくる。

「速力が出ません。分隊士、これでは戦闘に使えないと思います」

「すごい匂いだ。酔っ払うぞ。タンクを切り換えろ」

酒をたしなまない私には、すてきな香りとは思いがたい。テストはこの一回だけで、匂いはともかく、速度を出せないのだから「空戦での使用には不向き」との結論を提出した。

ほかにも物資不足を感じさせられたことがある。

飛行帽の新品が入手しにくかった。とくに毛皮が裏打ちされた冬用が不足がちだった。細かなことだが、飛行服のボタンも木製に変わっていた。

それから短剣である。三月のころか、庶務科から「貴官たちには短剣は必要ないと思われるので、後輩のために提供してもらいたい」との通達が出された。予備士官が対象だったのではないだろうか。記念にとっておきたかったが、後輩の役に立つのならと考えて差し出した。

ほかのことで印象に残っているのは、敵兵に関してである。

四〜五月のある日、整備員たちが「捕虜が連行されています。見に行きませんか」と知らせに来た。機種は分からないが、落下傘降下か不時着で捕らわれた敵機の搭乗員である。立場が逆転し、自分が武運つたなく捕虜になって見世物にされるのを想像すると、見物になど行く気にならず、不愉快な気分で「俺は行かない」と断わった。軍人でありきれない予備士官の、センチメンタルな感覚だったのであろうか。

野島の海岸には空襲被災者の遺体が、たびたび流れ着いた。そうしたなきがらを横空の隊員が収容し、荼毘《だび》に付したと聞いている。米戦死搭乗員も漂着し、報告が届いたため、兵員が見に出かけた。ただし搭乗員は誰も行かなかったように記憶する。米搭乗員が火葬されたかどうかは不明である。

「天雷」テストの手ひどい余波

横空夜戦隊の夜間待機は、連日続く。「月光」三機と「彗星」三機のうち、可動機はいつでも出撃可能なように準備を整えて、整備指揮所の前に置かれていた。

「月光」は101号機と103号機がいつも完備状態を維持し、とりわけ好調な101は、ただちに出られるよう、掩体の中で即応態勢にあった。102号機は不調気味なのか、待機から外される場合が多かった。

ここへ三月、中島飛行機が製造した「天雷」が加わった。単座と二座が一機ずつで、次期夜戦候補（もともとは昼間用の単座局地戦闘機として設計）というふれこみである。

くわしい性能は知らないが、低翼式の「月光」よりひとまわり小型で、中翼式に作られていた。出力二〇〇〇馬力の「誉《ほまれ》」の双発で、エンジンを収めたカウリングがすごく大きいのが、私の第一印象であった。機首の下部に三〇ミリ機銃と二〇ミリ機銃が二梃ずつ内蔵されるけれども、横空に来たときは未装備で、銃口はカバーでふさがれていた。

工藤飛曹長が初めて試運転を行なったおり、近くで見る機会があった。「月光」の「栄」にくらべて「誉」エンジンの音がひどく大きく、まわりにいた人々は耳を押さえて離れたほどであった。

このとき飛曹長は機上から、マスク式送話装置付きの無線電話で、試運転の調子を知らせていた。エンジンが不調で出力が不安定だったため、「だめです」と送話ののちテストを中止した。新型の電話も不なれなうえに聴こえにくいとの判定であった。

彼の搭乗機はずっと二座機だったので、単座機には不安を感じたように思われた。「天雷」の操縦要員には、ほかに徳本上飛曹が予定されていたようである。

工藤飛曹長が試し歓迎しなかった新型式の無線電話は、災いを呼んだ。

五月二十三日、工藤飛曹長と徳本上飛曹にこの電話の取り扱い方法を指導するため、偵察のベテラン・山崎飛曹長が彼らと九〇機練に乗りこんだ。木南上飛曹の操縦で発進した機練は、離陸直後に姿勢を崩し、右旋回して野島の向こうに降下した。見ていた誰もが事故と直感したとおり、京浜電鉄（当時は東急電鉄に併合。現在の京浜急行）の線路に墜落した。

この事故でさいわい死者は出ず、搭乗の四人ともが負傷して、すぐに医務科へ連れていかれた。工藤、山崎両飛曹長は身体の各部をやられたけれども、診察の結果、案外に軽傷と分かり、二～三日のあいだ入室して治療する程度ですんだ。木南上飛曹もたいしたケガではなく、それよ

工藤飛曹長が単座型「天雷」試作３号機の試運転を実施中。出力の順調な上昇が見られなかった。

りも操縦していた責任から、かなり落ちこんでいた。

徳本上飛曹は外傷こそ認められなかったが、大腿骨骨折《だいたいこつ》の重傷を負って、医務科のトラックの荷台に寝かされたまま、田浦海軍病院へ送られた。車の振動がひびいて「痛い、痛い」とうめき、付き添う私に「分隊士、病院はまだですか。なんとかなりませんか」と苦しげに語りかける。

ラバウル、ソロモンで果敢に戦い、ふだん弱音《よわね》や愚痴《ぐち》とは無縁の彼がこんなに苦痛を訴えるとは、よほどの激痛であろう。「もうすぐ着くから、がんばれ！」とはげまし続けるほかなかった。

入院後の徳本兵曹とは、ふたたび会う機会はなかった。手術をして片足が短くなり、箱根の病院に転院して療養中に終戦を迎えたところまでは、軍医科で把握していたが、それからの消息は不明のままであると、戦後に会った梅谷敬之《たかゆき》軍医官から教えられた。高い技倆、純粋な性格の搭乗員で、上官にきちんと対応し、部下にいばらない好人物であった。

この二十三日の夜、マリアナからのB－29が大挙北上して、翌二十四日の未明に東京へ焼夷弾の雨を降らせた。

このとき横空夜戦隊の夜間飛行が可能な搭乗員は、操縦員が山田隊長、児玉大尉、伊達大尉、倉本上飛曹の四名、偵察員が市川中尉、黒鳥少尉、深見上飛曹、井原俊雄一飛曹、斉藤庄司一飛曹の五名。「月光」二機と「彗星」二機は出動可能状態にあった。しかし機練墜落事故への対応のために、横空夜戦隊は出撃できなかったと記憶する。

「サイパンからの情報によれば、B-29の本土上空における滞空時間を増すために、爆弾倉の内部に増加タンクが取り付けられた。〔燃料〕容量は不明だ。このタンクには消火装置がない。このことを搭乗員に伝えてくれ」

一ヵ月ほど前だったか、山田隊長からこんな命令を受け、指揮所に皆を集めて伝達したことがあった。ラバウル帰りのベテランたちが、この情報についてどのように感じたのかは知らないが、情報源が米軍占領下のサイパンであることが、私には不思議に思えた。いま考えれば、米軍基地が発信する電波を解読してそのなかに、こうした内容のものが含まれていたのではないだろうか。

無防備の増加タンクをねらって爆弾倉を撃てば、爆弾が炸裂し「月光」もまきぞえを食う恐れがある。しかし、それを案じるだけの知識と経験がないため、不安は感じなかった。

作戦可能の三名が事故で負傷したので、次の邀撃には必ず自分も加われると確信した。倉本上飛曹と互いに「がんばる

辣腕・徳本正上飛曹は機上作業練習機の墜落により重傷を負った。

ぞ」と決意を固め合った。

夜空の大空戦へ飛び立つ

横鎮防空指揮所から「サイパン、グァムの米軍基地の電波が強力でひんぱんゆえ、大編隊が出動する可能性が大きい」との連絡を、夜戦隊指揮所で受けたのは、五月二十五日の午後四時ごろである。

その後、小笠原・母島の監視哨から「敵大集団が続々と北上中」の報告がもたらされた。今夜は来襲間違いなしと判断した私は、少佐に進級していた（五月一日付）山田隊長の部屋へ出向いて、情報を報告した。

「黒鳥ペアは出撃だ。伊達大尉に『彗星』で出撃するよう伝えてくれ。『月光』『彗星』とも充分に整備して待機させろ」

隊長は私にこう命じると、士官私室から廊下に出て、姿は見えないが近くにいるであろう従兵に向けて「従兵、今夜は夜食を頼むぞ！」と大声で言い放った。

すぐに指揮所にもどった私は、伊達大尉と市川中尉に隊長の命令を伝えた。これを受けて、伊達大尉がペアに選んだ偵察員は、井原一飛曹だったと思う。ほかに深見上飛曹、姫石計夫《かずお》上飛曹、斉藤一飛曹がその場にいて、みな緊張の表情であった。

出撃をひかえて、入浴と私物の整理のため午後五時ごろ、指揮所から自転車で走って、久しぶりにガンルームに顔を出し、まず食事を頼んだ。気合が入った声だったためもあろうが、すぐにメインテーブルに運ばれてきたのを、あまさず食べ終える。来襲情報から時間がたっていたので、気持ちは落ち着いていた。

近くにいた兵学校出の中尉二～三名に「今晩、空襲があります。出撃なので先に入りますよ」と理由を話して浴場へ行き、一番風呂の湯船にゆっくりつかって身を清めた。

風呂から上がって、すっかり新しい衣服に着替えた。続いて、ガンルームの食卓担当のあの先任下士に「指揮所に夜食を頼む。今夜の空襲は大集団が来るぞ」と言うと「分かりました」と即答があった。指揮所へもどる途中で、すれ違う兵たちにも誰彼となく、注意するよう言葉をかけた。

四人の不在で、指揮所の中はいつもの活気がない。待機するあいだに、整備の吉田少尉に私物の整理と家への送付を頼んだ。伊達大尉、市川中尉も夕食に出かけていった。

「敵大編隊は逐次、北上中」

「敵は関東地方に向かうもよう」

横鎮の防空指揮所から刻々と入る情報を、指揮所の士官用の部屋で通信を担当する深見上飛曹が電話で受け、室内の山田隊長や私に逐一知らせる。首都圏への空襲は間違いない。

医務科からの自動車が、指揮所の前で止まった。邀撃戦や事故で負傷した搭乗員を運ぶための、バン型式の救急車である。脇軍医少尉および衛生下士官兵三〜四名が降りて、指揮所の中に入ってきた。

午後七時をまわったころ、山田隊長が姿を見せた。

「今夜は俺も出るかな」

隊長の言葉に、私は意見を述べた。

「『彗星』は電気系統が悪いから、できれば『月光』の103号機を使って下さい。安定性もいいですし」

隊長は考えているようすだった。

脇軍医少尉が「黒鳥少尉、打ちますよ」と言って、私の左腕に暗視ホルモンを注射した。続いて倉本上飛曹にも同じ薬剤が注射された。

この間にも敵機の情報は入ってくる。「列島（小笠原諸島、伊豆諸島）沿いに北上中」「機数不明なるも大集団。東京空襲、間違いなし」

私も倉本兵曹も指揮所から「月光」ヨ-101になんどか足を運んで、異常がないかを整備員に確認した。指揮所の空気は張りつめていた。

横鎮防空指揮所から邀撃が下令された。隊長の命令を受けて出撃したのは午後十時である。初戦果をあげた四月のときのように興奮してあせるまい、と自分に言い聞かせた。さいわい気持ちは落ち着いている。

「カモ一機撃墜」

エンジンは快調。高度五〇〇メートルで前席から「分隊士、試射します」と言ってきた。「よし」の返事に続いて、爆音のなか、斜め銃の射撃音が聞こえた。

「機銃は全部だいじょうぶか?」

「三梃それぞれ確認しました。異常ありません。今日は一梃ずつ使います」

四月なかばの初交戦で生じた機銃故障への対策であり、高価な弾丸を浪費したとまた言われないように、チビチビ撃つのである。「よし、分かった」と答える。

上昇するにしたがって見張りへの注意を増す。木更津沖、高度三五〇〇メートルの待機空域に達した。眼下に漆黒《しっこく》の東京湾が広がる。

十時を二〇分ほどまわったころ、東京湾上を単機で北上するB-29〔目標を指示する任務の爆撃先導機《バスファインダー》か〕が、探照灯〔陸軍は照空灯と呼んだ〕の二～三本の光芒《こうぼう》に捕まっているのが目に入った。川崎か横浜の沿岸部の上空らしい。

「見つけたぞっ!」

興奮した私は、思わず大声を発した。銀色のB-29の周辺で高角砲弾がさかんに炸裂している。この機だけに意識を集中し、接敵に移った。

「分隊士、高角砲が激しいので（距離と高度差を詰めず）このまま追尾します」

耳になれたペアの声なので、伝声管を通じてもはっきり聞き取れる。私も倉本上飛曹と同判断で、「よし」と答えた。

ややたって、今こそと判断した上飛曹の「突っこみます！」の声。「よしっ」

降下増速し、弾幕の中に突入する。二人とも初めての、危険度が高い体験である。砲弾炸裂の爆風に「月光」の機体が前後左右に激しく揺れ、強い衝撃を感じる。身体のバランスをとって、B－29から目を離さなかった。味方撃ちを食らっても当然の状況下で、恐くないと言えばウソになるが、揺れを「ものすごいな」と客観視する落ち着きもあった。

右翼端から後部胴体へ、後部胴体から右水平尾翼端へと張ってある無線電話のアンテナが、爆風を受けて胴体部分から外れているのが見て取れた。飛行に差しつかえはなく、電話の感度も良好なので、このまま戦闘を続けることに決めた。

「こちらカラス、カモ発見。これから攻撃する」

喉《のど》のあたりのスイッチを押して、基地へ送話したこのとき、東京に火災が発生していたかどうか覚えがない。カラスすなわち「烏」は黒い鳥だから、自機を表わす符丁にはウシワカよりも分かりやすいと思って、変えてあった。

「機銃は一梃ずつ使ってみます」と倉本兵曹。四月の三梃斉射時のトラブルを意識している彼も、落ち着いているようすだ。「了解」を返す。

B－29の三〇〇～五〇〇メートル上空から急な角度で降下し、後下方に取り付いた。距離は一五〇メートルほど。前上方の空間をふさぐ、敵の巨大さをあらためて感じる。

「分隊士、主翼を撃ちます」「了解。撃てっ」

グァム島から来襲した第314爆撃航空団のB-29が、右翼の燃料タンクに被弾して激しく白煙を引く。外側の第4エンジンはすでに止まっている。昼間に来襲時の撮影。

左翼に向けて二〇ミリ弾が放たれる。当たった火花が見えるわけではないが、すぐに命中弾の手ごたえを、衝撃のごとくグッグッと感じた。興奮しないではいられない。

外側エンジン〔第一エンジン〕ナセルの左の外翼部に命中し、発火するのが分かった。さらに、同エンジンナセルをはさんだ両側の部分四ヵ所ほどから立て続けに火が出て、合わさった炎が提灯《ちょうちん》を寝かせたような丸くふくらんだ形に見えた。四月の空戦のときは、東京が燃える煙が立ちこめて、敵機の発火状態は見られなかったから、この初体験の光景はしっかり目に焼き付いた。

この左翼への攻撃は、何秒かの短いあいだであったろう。それでも「まだ落ちない、まだ落ちない。すごい飛行機だ」と感嘆した。恐怖感は覚えなかった。

攻撃後すぐに、B-29の胴体後部と尾部の銃座から、赤く輝く射線が何本も奔流《ほんりゅう》のように放たれた。われわれは一瞬早く左へ移動していたため、右側を走る曳跟弾流が「月光」をねらったようには感じられず、珍しい光景を見つめる気分だった。B-29の射撃を見たのはこのときだけであり、今もはっきり覚えている。

敵の銃座はすぐに沈黙した。左翼からの火炎もすでに消えていた。われわれはふたたび真後ろの下方に迫り、約一〇〇メートルの距離でこんどは右翼をねらう。左翼のときと同じような位置に命中し、またしても五ヵ所ぐらいから提灯の形に火を噴いた。

B-29からの反撃はない。続いて左翼に再度の射撃を加えると、また発火し、火炎が尾を引くような形を呈した。両翼に受けたダメージがこたえたのか、敵の速度がおとろえ、機首を下げて降下し始めた。流れる炎はそれほど激しくはないように思えた。

高度を失っていく敵機を、左上方、高度差三〇〇メートルで追尾する。両翼に二〇ミリ弾が少なくとも合計一五発は当たっているはずだが、それでもなお墜落にいたらない。ものすごい爆撃機である。

だが突然、巨体が三つか四つに空中分解し、真っ赤な炎の塊と化して山々のほうへ落ちていった。私は「やったーっ」と心のなかで叫んだ。

この爆発を見ても、距離があったため目は眩《くら》まなかった。倉本上飛曹が機首を左へ振ると右方向に荒川が見え、地図にあったのと同じ流れの形から、墜落地域は埼玉県北西部の山地と判断し、基地へ報告する。

「こちらカラス、カモ一機撃墜」

急降下でもぐりこむ

最初の撃墜は、午後十時半をまわったころだったように思う。基地からはなにも言ってこなかった。

空戦時間は一〇〜一五分。忘れられない一対一の空戦が終わり、気分は高揚したままだが落ち着いた。前席へ「倉本、東京上空へ行くぞ」と命じる。

この間に、東京に大火災が発生していた。機首を南西へ向けて飛んでいくと、東京の西方上空で、飛来するB‐29の大群に出くわした。

眼前に近づくB‐29の巨大さ。この敵に一撃を加えたのち「後続のやつだけを攻撃しろ」と言ったものの、二人ともこの圧倒的な敵集団に心を奪われ、冷静さを失って、四月のときと同じ行動をくり返してしまった。反航（向かい合う）する敵をつぎつぎに攻撃してすれ違い、七〜八機に命中弾を得られたが、効果は視認できなかった。

続いて追尾のかたちの後下方攻撃により、逐次三機に発火させた。当時、どの程度の被害を与えれば「撃破」になるのかを知らず（多少なりとも発火させれば、間違いなく撃破と判定される）、また落としはしたが最初の交戦相手のしぶとさ、撃たれ強さから、多少のダメージではその言葉を使えないと考えた。そこで三機のうち、最も火災が激しかった一機だけを、撃破として基地へ報告した。

「分隊士、カモの速度が速くて追いつけません。高度を上げ、急降下して接近、攻撃しなければだめです」

前席からの言葉に私は、とにかく敵機集団から抜け出し、東京湾上空に出て態勢を整える必要があると判断。

「了解。もとの空域へもどり、高度を上げよう。攻撃箇所も爆弾倉内の増加タンクにしよう。B－29はほんとに落ちねえなあ」

経験を得て戦法変更を決めるまでに、時間と燃料を浪費した。弾丸も、一撃平均一〇発として、ずいぶん撃ってしまった。

東京湾の北岸上空、高度四〇〇〇メートルあまりで待機する。首都市街地を焦がす炎に浮き出た、巨鯨のような超重爆を下方に発見した。ただちに急角度で突っこんで、捕捉にかかった。

降下で速度が増して、六〇〇キロ／時を超えていただろう。過速ゆえか、急に尾翼あたりに激しい震動を生じ、恐ろしさを感じて思わず後ろを振り向いた。さいわい破損はないようだったが、こんな震動は初めてである。「おーい倉本っ！」と呼びかけたときには、B－29のすぐ後下方、約五〇メートルの至近に占位していた。

手を伸ばせば敵に触れられそうに思える近さである。倉本兵曹が爆弾倉をねらって、操縦桿の発射ボタンを押した。命中したはずだ。

驚いたことに、敵機は火も噴かずに急降下に入り、そのまま千葉県松戸付近の山林に墜落して燃え上がった。その明かりに照らされて、木々のようすがはっきり見えた。

射弾が爆弾倉内の増加タンクに命中し、機内発火を生じて飛行不能にいたらせたように思われた。この撃墜によって、B－29を攻撃するには主翼ではなく、増加タンクをねらうのが最も有効と確信した。

〔このときのB－29は爆弾倉内に増設の燃料タンクを装備していなかった。前部と後部の爆弾倉内に一二個置かれた俵型の酸素ビンか、中央翼内燃料タンクに被弾、発火したのではないか。あるいは操縦系統を破壊されたとも考えられる〕

燃え落ちる巨鯨

二機目の撃墜を基地へ電話報告し、ふたたび高度を上げてB－29を探す。このころには敵機は埼玉県から東京を航過し、茨城県、千葉県の上空を通って、鹿島灘あるいは九十九里浜沖へ離脱しつつあった。

そうしたB-29の一機を下方に発見。ゆるく降下しながら接近するうちに、機首がとがった単発機が左上空五〇〇メートルほどの距離から、射撃を加えるのを見た。陸軍機識別図で見知っていた三式戦闘機「飛燕」と分かった。

曳光弾（と呼んだ）〔海軍は曳跟弾が正式な呼称〕の輝く線が敵の左翼外翼部に命中し、パッパッと火花を発した。映画のセットの特殊撮影を見るような光景である。三式戦は一撃を加えると、そのまま反転して去っていった。味方機の攻撃を実際に見たのは、このときだけである。

B-29は攻撃を受けたものの、なんの変化もなくそのまま飛んでいる。これを次の目標に決め、倉本兵曹が「月光」を急降下に入れて、敵の後下方に巧みに占位した。落ち着いた感じで、一梃だけ使って四~六発ずつ、三連射を撃ちこむ。すぐに避退し上昇。

損傷したB-29の胴体後部から火が出て、脱出する落下傘が三つほど見えた。そのまま北上した敵は、霞ヶ浦上空から南東へ針路を変え、速度が落ちて高度を下げ始めた。右上方につけて同航する。

南東へ飛ぶこと約四〇キロ、銚子の北、沿岸部に落ちた敵機の、爆発の火炎を確認し、「カモ三機目撃墜」を基地へ報告。海岸の松の防風林なのか、連なる樹木が印象的だった。

5月25～26日の夜、焼夷弾空襲を受ける東京市街。火災により密集した家々が浮き上がる。この上空で私たちの「月光」はB-29を追って捕捉し、20ミリ弾を撃ちこんだ。

千葉県に入って、ふたたび高度を上げた。東京が赤く染まり、火災のすごさを想像できた。

「今回は俺の家もお前の家もやられたな」と伝声管ごしに話しつつ、敵機を探す。

千葉県の中央部、東金《とうがね》あたりの上空で、九十九里浜へ離脱していくB－29を認めた。攻撃態勢に移る。

「何発で落ちるか、やってみましょうか」

「おお、やってみろ」

あの四月の戦闘後に飛行長からぶつけられた暴言が、われわれの脳裡に残っていた。反感が、最少の弾数で仕留めてみたいと思わせた。

距離一〇〇メートル。前上方に見える爆弾倉の部分へ、まず三発、続いてもう三発、合わせて六発を撃ちこんだ。主翼を攻撃したときと違って、衝撃というか手ごたえをあまり感じなかった。

胴体内部を効果的に破壊したらしく、火炎が機外へあふれることはなかったが、B－29は速やかに降下していき、九十九里浜沖四〇～五〇キロの海面に落ちて燃え上がった。

四機目の撃墜を電話で報告した。「月光」はふたたび高度四〇〇〇メートルまで上昇していく。

「分隊士、いまのは六発でしたが、こんどは三発でやってみましょうか」

戦闘への恐怖は感じず、高揚感があった。自分たちの戦闘法が成功し、予想外にかんたんにB-29を落とせたから、二人とも有頂天になって、自制心がゆるんでいたようだ。歴戦の搭乗員だったら、こんなときにはいっそう冷静になったのではないか。

また眼前に敵機が現われた。降下して後下方一〇〇メートルまで接近し、言い交わしたとおり二〇ミリ弾を三発だけ放って、爆弾倉に命中させた。すぐに離脱し、敵のようすを見る。

四機目のときと同じく、機体から火を発しないまま墜落し、ほど近い洋上に大きな炎がわき上がった。暗い海面に、二つの丸い火が燃えているのを見て、なんとも言えない気持ちであった。五番目の撃墜戦果を通知する。

東金付近の空域を抜けていく敵機が多いと思い、また上昇にかかった。まもなく眼前に現われた一機に接近する。

右翼外側のエンジンはカウリングを失ってむき出しで、プロペラもなく、赤く灼熱した状態である。内側エンジンに付いたプロペラは、ゆっくり空転を続けていた。左翼の両エンジンはプロペラが止まったままだった。機首の風防の中は猛烈な火災が生じていた。

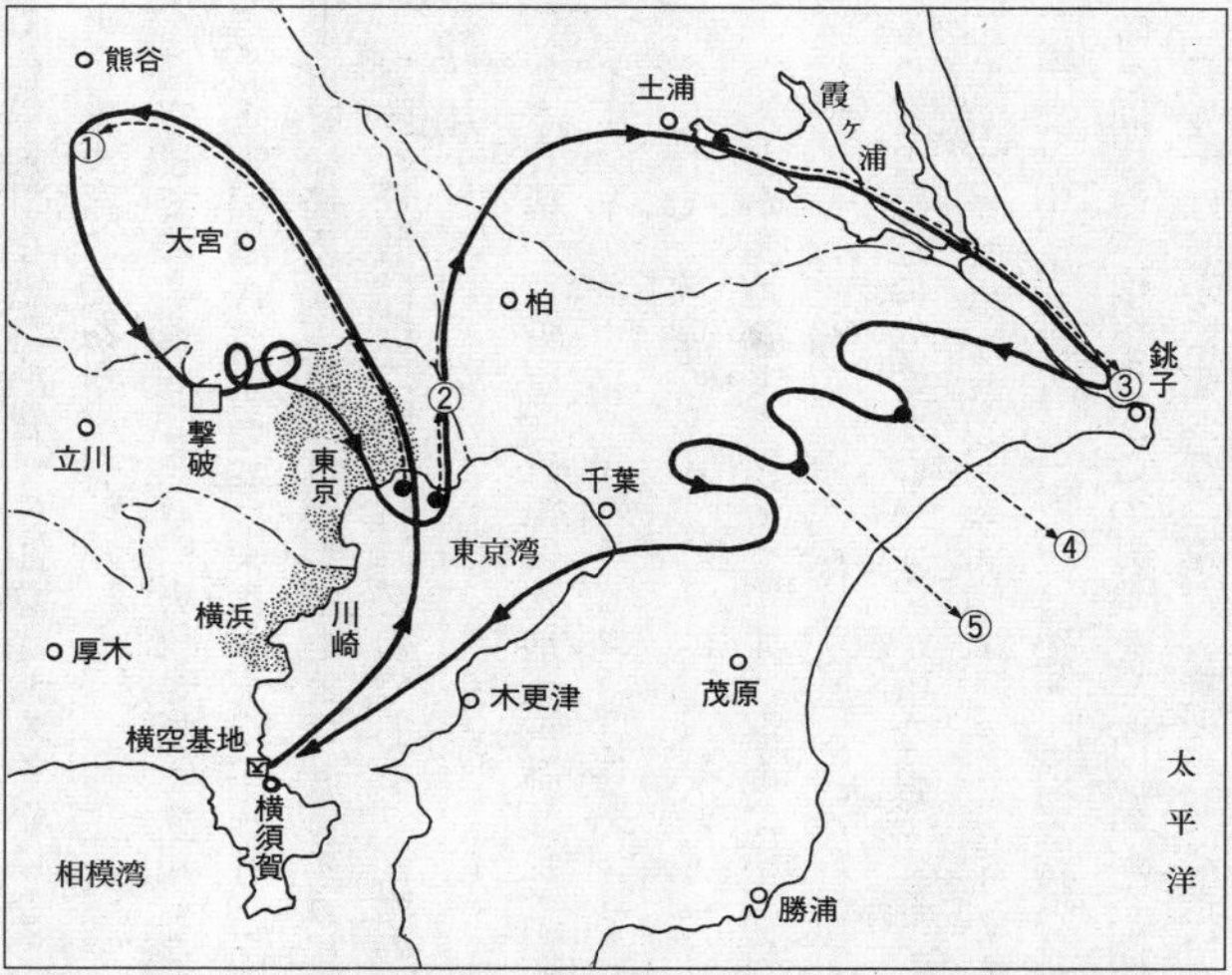

昭和20年5月25～26日の夜における倉本十三上飛曹—黒鳥四朗少尉ペアの「月光」行動図（太線）。点線はB－29爆撃機が黒丸地点で発火してからの航跡。白丸はB－29の墜落地点で、数字は撃墜順を示している。

下方にもぐって機体の下面を見たが、左主脚の車輪が外に出て見えているほかは、周囲が暗いので判然としなかった。

空中の残骸のようなB－29は、グライダー状態でじりじり降下しつつある。やがて墜落するから、射撃をやめさせた。

きわどく帰投

次の目標はと、東金の空から東京方向へ機首を向けたとき、あわてた声で「燃料がありません！急いで基地へもどります」と倉本兵曹が言ってきた。二人とも敵機攻撃と弾丸の節約だけに意識を集中し、大事な燃料消費への注意がおろそかになっていた。戦果にうかれ、乗機の管理を忘れてしまったのである。

横空までおよそ四〇キロ。方位を指示する。なんとか飛んでくれと祈るのみ。

「分隊士、場合によっては木更津基地に降りるかも知れません。(燃料切れの) エンジンストップに備えて、風防はいつでもとばせるように。落下傘降下の準備をして下さい」

風防の飛散は機外脱出時に必須である。後席の場合、偵察員の右側の風防枠に付いた引き手を引けばいい。

倉本兵曹の言葉を受けて、基地へ電話した。

「オザシキ、オザシキ。燃料ゼロ。灯りをつけろ」

少しして、前席からの声。

「なんとか基地までもちそうです。海上に不時着もあり得ますから、風防をとばす用意を願います」

事態の緊迫にもかかわらず、冷静な操縦が続いた。そのうちに横空の滑走路の灯火が見え、不時着水をまぬがれたようだった。東京湾上から着陸にかかる。海から陸に入ったとき、「艦尾灯かわった!」と前席へ通知。横空の飛行場は狭いし、前方が山だから、空母の着艦時と同様に、偵察員がこの言葉を発するのが夜間飛行の鉄則とされていた。

「月光」は静かにすべりこんだ。接地し、滑走に移ると緊張が一気にとけた。滑走路から草地の待機区域に入るすぐ手前でエンジンが止まる。倉本上飛曹が「分隊士、着陸しました！」と大声を出し「よかったです。燃料切れでした」と付け加えた。

急に尿意を覚えた。整備員に「月光」が好調だった礼を述べて、草むらに長々と放尿した。とても気分がいい。タバコを吸いたくなった。

ひと晩で五機撃墜という戦果の大きさを、このときはまったく感じていなかった。われわれの技倆レベルでこれだけやれたのだから、よその部隊もさぞ大戦果をあげたに違いない、と二人で語り合った。

それにしても整備員たちのようすがおかしい。いつもなら飛行機の調子とか、戦果とか、戦闘状況をたずねてくるのに、ほとんど言葉がなかった。

指揮所へ報告に行くと、入口の前、踏段の右側に担架と、血まみれの布か毛布かが置かれていた。「なにかあったのか⁉」と叫びながら指揮所に入ると、地上指揮官の市川中尉と、飛行服姿の伊達大尉がだまって立っていた。

「市川分隊士、なにかあったのですか」とかさねて問うと、中尉は悲痛な表情で答えた。

「隊長の『彗星』が滑走路端の海岸の側壁に激突し、病室に運ばれて治療中です」

中尉の重い口調を受けて「分かりました。戦果報告をいたします」と答え、倉本兵曹と整列して、戦闘状況と戦果について述べる。「ご苦労でした」とねぎらわれた。

悲痛な病室

「これから隊長の病室へ見舞いに行きます」

隊長の容体を案じる私を、市川中尉は制止した。

「待ってくれ。その気持ちは分かるが、松田司令や飛行長が指揮所にみえることになっている。直接、戦果報告を聞きたいとのことであるから、ここにいてくれ」

こんなときに司令も飛行長もあるものか。早く隊長を見舞いたい一心だったが、勝手な行動は許されない。

しばらくして午前二時に近い深夜に、司令の自動車が到着した。指揮所に入ってきた司令・松田千秋少将とは初めての顔合わせである。

笑顔でわれわれの前に歩み寄った三種軍装の司令に、市川分隊士が私と倉本兵曹を紹介した。私は緊張して敬礼し「黒鳥少尉、倉本上飛曹です。『月光』ヨ-101に搭乗し、敵機を東京上空で邀撃した戦況を報告します」と司令に申告したらしいが、あがっていたようで、はっきりとは覚えていない。撃墜五機、撃破一機を報告したことは記憶にある。

松田司令はわれわれの戦果をすでに知っていたのだろう。だから指揮所に現われたのだ。たどたどしい報告を終えると「よくがんばった。ご苦労でした。横空の誉である」とほめて握手をしてくれた。今夜の戦果が、司令がじきじきに現われるほどのものとは、このときも考えていなかった。

司令への報告がすんでから、急いで銕切山の地下壕の医務室へ一人でおもむいた。外科の梅谷軍医大尉、脇軍医少尉に会って、山田隊長とペアの斉藤一飛曹の容体を聞く。

隊長は手、足、胸部の骨折と、操縦桿が当たっての頭部挫傷《ざしょう》で、危険な状態である。斉藤一飛曹は外傷がまったく見受けられず、頸骨《けいこつ》骨折で即死、と説明を受けた。

さっそく壕内病室へ案内された。六〜八畳の広さで、電灯の光でけっこう明るい。二十三日の事故で負傷した工藤飛曹長が同室で、白衣を着てベッドにいた。

包帯だらけで横たわる隊長は苦しそうにもがき、うわごとなのか、無意識に歌っているのか、声を出している。周囲の板壁は血で赤かった。重傷なのが歴然で、私は胸がしめつけられて言葉が出なかった。

ならんだベッドにいる工藤飛曹長は、私の比ではなかろう。背を起こして、悲痛な顔で言った。

「壁の血は隊長が吐いたのです。とても苦しそうで、見ておられません。分隊士、お願いですから部屋を替えてくれるように頼んで下さい」

脇軍医少尉に「輸血をしたら?」と問うと、「いまは輸血の効果はありません。そのまま出血してしまう。容体が安定するのを願うのみです」との返事だった。

続いて隊長機の事故の状況をたずねたところ、次のように説明を受けた。

脇軍医少尉が市川中尉と指揮所で待機していたところ、伊達大尉の「彗星」から「着陸する」と電話が入ったので、滑走路に点灯がなされ、伊達機が降着した。その直後に点灯場所から「『彗星』が落ちました」と驚きの連絡が入ってきた。「なにを言うか。伊達大尉機は着陸したぞ」と誰かが問いただすと、点灯係の兵は「彗星」が確かに滑走路端に落ちたとくり返した。

山田隊長機からは一機撃墜、一機撃破の報告を送ってきたあと、連絡がない。もしかしたらと、医務科、整備科の面々が現場へ急行した。

飛行場の端の草地に、操縦席から先の部分がない胴体があり、偵察席には斉藤一飛曹が認められた。海岸壁の下の、引き潮で現われた砂地に、激突した「彗星」のエンジン、操縦席部分が散乱し、山田隊長はその中に発見された。ただちに収容し、斉藤兵曹とともに指揮所まで運んだのち、医務科の自動車で医務室へ搬送。応急処置をすませて、現状にいたっている、という状況だった。

私は軍医官たちに「ありがとう。治療をよろしく願います」とあいさつして、指揮所に帰ってきた。工藤飛曹長の部屋の変更も頼んだと思う。

山田隊長亡きあと

重体の隊長を目の当たりにして、頭の中は不安、興奮の渦《うず》でいっぱいであった。どうしていいのか、冷静な思考などできなかった。私の精神状態を察した市川中尉から「とにかく休め。また空襲があるかも知れんから」と指示を受けた。

医務科から私が帰るのを、倉本兵曹が待っていたかどうかは記憶がない。搭乗員控所へ移っていたかも知れない。私は、指揮所に隣接の、私室兼控所にしていた部屋にもどり、飛行服の上だけ脱いでベッドに横になった。

激しかった戦闘よりも、隊長の容体がひどく気にかかり、神経がさわいで眠れない。医務室で処方された睡眠薬を五〜六錠、服用した。

こんな未明の時間なのに、整備員が働いてくれているのだろう、「月光」のエンジン音が響いてくる。私の頭は冴《さ》えるばかりであった。次の任務につくために眠らねばと、さらに睡眠薬を飲んだ。そのうちに爆音が遠のいていった。

いくらか眠ったらしい。午前五時すぎ、吉田少尉に起こされ、隊長が亡くなったことを知らされた。心配が現実になって、眠気がいっぺんにさめた。

指揮所に行くと、伊達大尉、市川中尉がすでに来ていて、倉本、深見上飛曹たちもやってきた。山田隊長の戦傷死と斉藤一飛曹の戦死が、伊達大尉から皆に告げられた。誰もひとことも発しない。

沈鬱《ちんうつ》な空気の指揮所から外に出ると、胸が詰まり、涙があふれた。隊長の思い出がつぎつぎに浮かんでくる。出撃前の進言を容《い》れて、乗機を「月光」にしてもらえたらあるいは無事だったのではと、残念な気持ちを消せなかった。次の邀撃戦では今回の経験を生かし、必ずや戦果をかさねて、隊長と斉藤兵曹の仇を討とうと誓った。

隊長ペアの戦死と自分の重苦しい気持ちを、分隊長の児玉大尉に直接伝えるべく、本部の玄関前へ歩いた。分隊長は昨日から外出中で、午前七時に到着の定期バスで帰隊することになっていた。

飛行服のまま玄関で待っていると、定期バスが来て止まり、分隊長が降りてきた。

「児玉大尉、山田隊長が戦死されました」

児玉大尉も衝撃を受けるだろうと思いきや、大尉は歩きながら「そうか」とだけ返事をして、士官室の方へ行ってしまった。

私は唖然《あぜん》とした。自分の隊長が戦死したというのに、そうかのひとことで立ち去るとは。なんと冷酷な人かと憤《いきどお》り、落胆を感じないではいられなかった。夜戦隊の次席なのに、こんな対応ではとても信頼できはしない。

児玉大尉は夜戦隊の隊長代理に任じられたが、隊内は山田少佐が指揮をとっていたときとは違って、沈みがちな雰囲気《ふんいき》へと変わった。

隊長の遺体の世話は、兵学校同期の塚本少佐たちによってなされた。亡くなった二日後に医務室をたずねて、検死後の隊長と斉藤兵曹の納棺前の変わりはてた姿と対面し、こみ上げる悲しみを味わった。最敬礼でお別れをする。

九〇機練の墜落事故で負傷した、工藤、山崎両飛曹長が退院し、隊に帰ってきたが、飛行作業は当分のあいだ無理である。夜間出動が可能な「月光」の搭乗員は私と倉本上飛曹のペア、「彗星」も伊達大尉と深見上飛曹あるいは井原一飛曹のペアだけだった。搭乗員不足のため「月光」二機と「彗星」一機は、乗り手がいない状態なのだ。

こうしたなかで私は終

准士官への特別進級をひかえた倉本上飛曹とヨ-101。垂直尾翼に書かれたその記号は、機体の暗緑色と明度が同じため白黒写真に写らない。整備員の手により巧みに描かれた戦果マークは、上にならぶ６個が撃墜、下の２個が撃破を示す。

夜待機につき、市川中尉から出る命令を待つ日を送った。食欲がなく、腹も減らず、やたらにタバコを吸う。就寝は午前四時～五時、起床は昼の十二時ごろ。年初に七三～七四キロあった体重が、六八キロまで落ちた。

夜戦隊搭乗員はほかに、錬成中の木南、姫石両上飛曹がいて、彼らを合わせて一〇名に減ってしまった。

硫黄島からのP－51「ムスタング」戦闘機がちょくちょく来襲し、空母発艦のグラマンF6Fも侵入する恐れがあった。鈍重な「月光」や「彗星」では、対抗のしようがない相手である。以前のような夜戦による昼間の電探実験や哨戒飛行は中止され、整備後の試飛行も情報確認をしながら実施しなければならなくなった。

五月二十九日の横浜への空襲は、B－29五〇〇機〔主目標である横浜市街地へ四五四機が投弾〕とP－51一〇〇機〔一〇一機が出撃〕の戦爆連合によってかけられた。一列縦隊での焼夷弾投下で大火災が発生したが、夜戦隊は無力、ただ地上で望見するだけで、なんの手も打てなかった。

残念ながらわが軍の戦闘機隊の邀撃は、あまり目立たなかった。東京と横浜、日本の首都圏の制空権までもが、敵に制圧されてしまったように思えた。横須賀からは横浜が空襲を受けるようすが見て取れた。夜間空襲なら戦闘機はついてこないだろうから、出撃してきっとB－29を落としてやるぞと、悔しさをかみしめていた。

この空襲の前日か翌日かに飛行場に行くと、乗機の胴体の左側、日の丸の後ろに、見なれないものがいくつも描いてあった。整備兵曹にたずねると、われわれペアの戦果マークとのことだった。整備員たちが発案したデザインで、米軍の星印を矢がつらぬいたのが撃墜、当たっているのが撃破だと説明してくれた。

数日前の戦果に四月の分を足して、撃墜マークが六個、撃破マークが二個である。にぎやかな感じでいやではなかったが、こんなかたちで表わされるに足る戦果とは思いにくく、照れくさかった。

第五章　末期における横空の諸事情

長官表彰を受けて

次の夜間来襲に備えて、全員待機へと態勢を強化していたおりの昭和二十年（一九四五年）六月一日、私は中尉に進級した。このことに特に感慨は覚えなかった。

数日後、本部の庶務科の要務士が指揮所に来て「横須賀鎮守府司令長官から、全軍布告と軍刀をたまわるとの通知があったので、お伝えします」と口頭で伝達した。隊長の戦死とそれに関係した出来事のため、頭の中がひどく乱れて、落ち着いた思考ができないころである。あの程度の戦果で、本当に横鎮長官表彰になるのか。不利な戦局なのに、なぜ表彰されるのか。半信半疑というのが正直な感覚であった。

しかしまた、十三期予備学生出身者がこういうものをもらえるとすれば、予備士官軽視の風潮が少しは改まり、同期生も喜んでくれるだろう。ガンルームでともすれば摩擦を生む海兵七十三期出身者に対しても、大きな顔ができるだろう。そんな想像も浮かんできた。

六月十二日の午前と記憶するが、松田司令の自動車の後部座席に司令とならんで座り、倉本上飛曹は助手席に乗って、横空の正門から横須賀鎮守府へ向かった。車の先端に将官使用を示す赤旗がはためき、歩行中の士官も下士官兵もみな敬礼をする。「黒鳥中尉、かわりに答礼をしてくれ」と司令に言われ、代役に努めた。

車中で司令から「航空隊の業績が上がったよ。こういうこと（長官表彰）になってうれしい」とほめられ、面はゆい気持ちになった。

一〇分も走ったか、鎮守府に到着し、車から降りて司令と正門から入る。私も倉本兵曹もひどく緊張していた。係の士官が「別室でお待ち下さい」と案内してくれ、松田司令は別れて本部内の控えの広間へ向かった。

私の姿は草色の三種軍装に軍帽をかぶり、かねて所有の軍刀を持っていた。表彰の儀式のしきたりなど、もちろん習ってはいない。そのあたりを見越したように、庶務科から年配の特務士官が来て、親切に作法を逐一教えてくれた。横鎮長官・戸塚道太郎中将から直接に軍刀を授与されるのだから、絶対に間違いのないようにやろうと、庶務科の士官から教わった手順を、倉本兵曹と練習した。

しばらくして「お待たせしました。長官室に案内します」と言われ、連れて行かれた。初めに私が入る。軍帽を右手に持ち、頭を下げる敬礼ののち入室。前へ三歩進み、ふたたび頭を下げた。極度の緊張である。

にこやかな表情の戸塚長官からの言葉は、よくやったと健闘をほめる内容だったと思うが、あまり覚えていない。さらに二〜三歩、長官の前に進んだ。長官は副官からわたされた、菊水の柄《がら》の刀袋に包まれた軍刀を差し出した。私は右手の軍帽を左脇にはさみ、右手で軍刀を顔の前で拝受する。

一種軍装を着用し、横鎮長官から授与された軍刀（銘「武烈」）を佩用（はいよう）した私。手に持つのは刀袋である。敗戦後の9月、表彰の思い出に中野の自宅で撮影した。

二〜三歩後ろへ下がって、右手の軍刀を胸の前に移動。左手に持ちかえ、軍帽を左脇から右手で取って、左手の軍刀を顔の前にささげ持つ。頭を下げて、ふたたび二〜三歩下がり、室外に出てもういちど頭を下げたのち、控室へ向かった。

次は倉本上飛曹の番。

室外で待機し、窓から私への軍刀授与を見て緊張していた彼も、無事に儀式を終えてひと安心であった。

控室にもどってから副官らしい士官が、われわれの戦果を全軍に通達する布告文の書状を、手わたしてくれた。横鎮長官はじめお偉方の前で、ひどく張りつめていた気持ちが、このあたりで緩《ゆる》んで汗がジワリと出てきた。松田司令が機嫌よく控室に来て、巻いたままの布告文を手に取り「これは大切に保管しなさい」と念押しのように言った。

帰隊の車中で「黒鳥、軍刀を見せてくれ」と司令に望まれたので、差し出すと、袋から取り出して刀身を少し出した。続いて司令は布告文を広げ、文面を黙読した。

「君は絶対に転勤させない。特攻にも出さない。空戦で飛行機がやられても、必ず生還するのだ。君たちは横空の誇りだ。米艦隊が本土に夜間来襲したとき、名誉ある一番機を命じる。高度五〇〇〇メートルで敵状を報告し、隙をみて二五〇キロ爆弾で艦船を攻撃すること。かさねて言う。決戦時、横空からの名誉ある一番機だ。横空の誇りゆえである」

司令は終始ご機嫌で、われわれペアの死に場所まで説明し、さらにこう続けた。

「今回いただいた全軍布告のほかに、感状が出るから楽しみにしていなさい」

その後の戦局のさらなる悪化のためか、感状の通知は終戦の日まで来なかった。

布告の文面は次のとおり（読みやすいように片仮名を平仮名に変え、ルビを振ってある）。

「昭和十九年十二月以降本土来襲敵機の邀撃戦に従事し、撃墜B29六機、撃破B29二機の偉勲を奏せり。特に昭和二十年五月二十五日夜、敵B29大編隊関東地方に来襲するや、月光に搭乗、之《これ》を関東西南方より東北方に亘《わた》る地区に於て邀撃。波状連続来襲する敵機に対し、適切機敏にして果敢なる攻撃を反復し、約三時間の戦闘に於て単機克《よ》く撃墜五機、撃破一機の赫々《かっかく》たる戦果を収め、皇土防衛作戦に寄与せるところ極めて大にして、その武功抜群なり。仍《よっ》て茲《ここ》に其の殊勲を認《したた》め、全軍に布告す。昭和二十年六月一日　横須賀鎮守府司令長官　戸塚道太郎」

横空に帰ってきて指揮所へ行き、夜戦隊員一同に報告した。軍刀と布告文を皆に見てもらうと喜ばれ、市川中尉がまっ先に「おめでとう」と言ってくれた。

朝礼時、隊員に全軍布告の通達があったらしく、思いもかけず横空のなかで二人の名が知れわたってしまった。倉本上飛曹は六月二十日ごろ、空戦の功績により准士官に特別進級した。上飛曹と飛曹長では一ランクだけの差だが、それを大きく超える違いがあった。皆からの祝福を受け、「お前、分隊士だなあ」とひやかされて照れた表情を思い出す。

急に准士官になったからといって、彼が下士官連中に尊大にふるまう言動はなく、態度も話しぶりもこれまでと変わらなかった。同期の深見上飛曹ももちろん敬語など用いず、対等の話し方を続けた。

海軍内部にとどまらず、六月十三日に布告がラジオで放送されたことを、入隊前にアルバイトをしていた林野局林業試験場の、従業員からの手紙で知らされた。十四日には新聞にも出て、さらに戦闘のもようを掲載した新聞社もあった。

〔六月十三日付で海軍省が公表した布告には、以下の前書きが付された。「昭和二十年四月及び同年五月二十五日の夜間敵大型機編隊来襲に際し月光に搭乗、之を邀撃し、果敢肉迫反復攻撃を加え、烈々たる闘魂と卓絶せる技倆《ぎりょう》とを以て撃墜六機、撃破二機の戦果を納めたる、海軍中尉黒鳥四朗、海軍上等飛行兵曹倉本十三の殊勲を認《したた》め、横須賀鎮守府長官は之を麾下《きか》全軍に布告せり」（一部に読点を打ち、送り仮名とルビを加えた）〕

従弟《いとこ》が部屋に現われた

六月に入ってからも、夜戦搭乗員はいつでも出撃が可能なように、指揮所、控所で待機を続けた。就寝は午前四〜五時、起床が昼ごろという生活パターンは変わらなかった。本部前の広場における朝礼で、布告文の通達があっても、われわれは眠っている時間なので、どんなようすだったのか分からないのである。

十三日、一般隊員にとっての夕食の時間帯が終わったころ、木造小屋の私室の戸を叩く者があった。「入れ」とうながすと、白い事業服姿の若者が戸を開けた。

「甲飛十四期生、黒鳥飛長（飛行兵長の略称）、入ります！」元気よく自己申告する顔を見ると、従弟の黒鳥満であった。

「なんだ、お前、予科練に行ったのか。横空でなにをしてるんだ？」

野島、夏島の地下壕を掘る土木作業に従事しています、との返事である。予科練生たちが地下壕の造成工事に加わっているのは知っていたが、よもや従弟が来ていようとは思わなかった。

「どうして俺のことを知ったんだ？」

「今朝、朝礼に出た分隊士から『お前と同じ名字の夜戦隊の士官の戦功発表があった。お前の知り合いか』とたずねられました。『私の従兄です』と答えると、『夕食後、会ってこい』と許可をいただきましたので、来ました」

従弟は直立不動の姿勢を続けている。

「まあ楽にしなさい。食事は終わったのか？　もし食べられるんなら、俺の夕食、手付かずだからどうだ？」

従弟は「はいっ、いただきます」と笑顔で答えた。

少し前に、従兵が烹炊所へ夜戦搭乗員の夜食を取りにいくと、すでに誰かに持ち去られていたことがあった。近所を探したところ、掩体壕の中で五～六人の予科練生が、人数分の夜食を腹におさめて満腹になっているのが見つかったそうである。彼らが意識的にちょろまかしたわけではなく、混雑していたので烹炊員が間違えて「早く持っていけ！」とわたしたのを、これ幸いと人目を避けて持ち去り、平らげたということであった。

この〝事件〟によって、食べ盛りの彼らの胃袋が満たされていないのを知ったため、従弟に勧めたのである。彼は喜んで食べ終え、航空糧食のヌガーのような飴《あめ》もいくつもほおばった。その食欲が、予備学生のころのすきっ腹を思い出させた。従弟は一時間ほどいて、満足げな顔で帰っていった。その後は隊内で会う機会がなかった。

夜戦隊すなわち第七飛行隊の隊長に児玉大尉が任じられ、分隊長を兼務した。大尉は夜戦の機材と組織を熟知していたが、体調がかんばしくないとのうわさで、性格に神経質なところがあった。山田隊長とは全然違った人柄で、私は気が合わなかった。整備員の評判もパッとしなかったようである。

隊長が変わり、夜間邀撃に出られる搭乗員も減った。夜間の大規模な空襲はなくなって待機の夜が続き、実験飛行も以前にくらべて低調、消極的になってしまった。

こんな状態のある夕食どき、指揮所にいた私に、ガンルーム当番の下士官から電話がかかり「用事があるから来るように、との伝言がありました」と用件を述べた。指揮所での待機は隊長命令であり、夕食もここでとっているのに、用事があるから来いとは、失礼かつ任務をわきまえない電話である。

そんな横柄な指示を下士官経由で出すのは、実施部隊のキャリアは短いのに、中尉進級が三ヵ月早いだけの先任意識を、ともすれば振りかざしがちな、海兵七十三期の面々だろうと思った。名前を知らず、顔を合わせたことすらほとんどない連中である。用があるならそっちから出向いてこい、という気持ちで無視していたら、その後なにも言ってこなかった。

大役、葬儀委員長

庶務科から士官が訪れて、とんでもないことを告げたのは六月二十日ごろである。

「横須賀海軍航空隊の戦没六十二柱の合同慰霊祭を執り行ないます。ついては貴官に葬儀委員長を担当するように、との松田司令の命令をお伝えします」

私は驚いて言い返した。

「とんでもない。葬儀委員長など務まりません。士官室はもとより、この夜戦隊にも先輩士官がおられるではないですか。若輩の予備士官には過ぎた大任です。務まりません。司令にお伝え下さい」

それこそ必死の思いで辞退する私に、庶務科の士官は切り返す。

「いいえ、これは司令の命令です。断わることはできません。貴官の気持ちはよく分かります。庶務科には、これらの儀式に精通している者がいます。その者が貴官の後方で指示しますから、そのとおり発言して下さい。私たち庶務科が全面的に協力しますので、安心してお引き受け下さい。貴官の隊長の山田中佐が先任のご慰霊なのです。隊長のためにもぜひがんばって下さい」

そのように説かれたのでは致し方ない。葬儀委員長の大任を引き受けることになった。横鎮長官名の全軍布告が、指名の最大要因に違いない。のしかかる重圧。市川分隊士や工藤飛曹長、下士官隊員たちに報告し、胸中の不安の軽減に努めた。

以後、頭の中の大部分は、葬儀委員長のことで占められてしまった。横空本部庁舎にある庶務科へ日参し、葬儀委員長の直接的な仕事、合同葬儀の出席者、儀仗隊《ぎじょうたい》、僧侶など、さまざまな対応や所作を教えてもらった。

当日は横鎮長官の出席があるという。若い予備士官にとって重すぎる役目だが、兵学校出身の中尉たちに笑われないように、同期生の代表としてがんばらねば、と決意した。そう思うと気持ちが落ち着いてきて、式の順序なども頭に入るようになった。庶務科の人々も同情しているのか、なにくれとなく親切に協力してくれた。

合同慰霊祭が何日だったのかは記憶にない。式場には庁舎に近い大格納庫があてられた。正面奥に遺骨の箱を置いた祭壇が設けられ、僧侶の座席、焼香机、参列席の順（祭壇に近い順）に配置してあった。参列隊員の席は左右に分かれ、中央は通路である。祭壇に向かって左側には松田司令以下の横空関係者、右側には戸塚長官以下の横鎮関係者が座る。遺族は参列しないことになっていた。

司会・進行役の私たちの場所は、祭壇の手前、向かって右の空間のやや端寄りである。戸塚長官の席と向き合う位置だが、少し距離があったのでいくらか安心した。補佐役の庶務科特務士官は私のすぐ後ろにいて、種々の気配りをしてくれる。彼の指示どおりに、落ち着いてマイクで伝えればいい、と開き直った。

覚えている葬儀の手順は、次のような内容である。

「起立。ただいまから横須賀海軍航空隊六二柱の合同慰霊祭を行なう。横須賀鎮守府司令長官、入場」。左側の入口から長官をはじめ士官たちが入場する。「着席」。一同、指定の椅子《いす》に腰かける。「僧侶、入場」。中央通路から三名の導師、僧侶が入ってくる。儀仗隊は正面通路の外側に整列。「僧侶、読経」。経を読む声が流れ出す。このあと、焼香についての諸事などを伝えたと思うが、覚えていない。

儀仗隊に弔砲《ちょうほう》を命じたらしく、銃声を記憶している。「横須賀鎮守府司令長官、退出」。長官はじめ士官が出て行ったのを確認してから「僧侶、退出」。その後に「合同慰霊祭、終了」を伝えたと思われるが、これも覚えていない。

庶務科の士官が「隊員は正面玄関まで整列し、ご遺骨を送るように」と指示したらしい。式終了後に私は、白布に包まれた山田中佐の遺骨箱を胸に抱き、横鎮、横空幹部、中佐の同期生以下、おおぜいの参列隊員に見送られつつ、静かに歩行して、格納庫前に駐車してある定期バスに乗車。私のほかに乗客がいない車内の中央部に立った。バスはゆっくり徐行しながら、道路わきで見送る人々の前を通り、正門近くの衛兵所の前で止まった。

私はバスを降り、衛兵所裏の待合場所で待っていた中佐の母堂と妹さんに会って、挙手の礼ののち遺骨をわたした。海軍軍人の妻で、また親でもある母堂は取り乱したようすはまったくなく、「ご苦労さまでした」とねぎらいの言葉を頂戴した。

これで大役を果たし終え、目頭《めがしら》を熱くしつつ別れて、式場だった格納庫にもどる。式後の整理、片付けを進める庶務科の、直接間接に助けてもらった士官、下士官に感謝の言葉を述べてから、自室に帰ってきた。安堵《あんど》と疲労がドッと押し寄せ、ベッドに横になった。

さま変わりの任務

六月は交戦の機会がないまま、日々がすぎていった。新型機の「天雷」のテスト飛行は、その後は実施されなかったと思う。以前に一度だけ試乗した艦上偵察機「彩雲」と陸爆「銀河」にも、再び乗る機会を得なかった。

「彩雲」の場合、中央の偵察席にバラスト代わりの砂袋を置き、私は後ろの電信席に搭乗した。偵察席に付くはずの斜め銃は、まだ装備されていなかった。上昇、下降の縦の機動時に、主翼がたわむのだろう、表面の外板に皺《しわ》が走り、構造の弱さが感じられた。

「銀河」は機首の偵察席である。前方がそっくり風防ガラスなので視界はとてもよく、降下のさいに地面が迫るようすが分かりすぎて、かえって気持ちが悪かった。このときの操縦員は倉本上飛曹であった。

両機を改造して夜戦に仕立てる目的のために、横空夜戦隊に貸し出されたものと思う。どちらにも斜め銃を取り付けて、三〇二空で実戦に使われたのを知ったのは戦後である。横空では夜戦化した実機を見ることはなかった。

敗戦後の横空基地に置かれた「彩雲」一一型改造夜戦。操縦席と偵察席のあいだの風防上部が金属張りにしてあるが、斜め銃は付いていない。その向こうの「月光」はヨ-103。

四月初めに工藤飛曹長─市川少尉が実施した「月光」と地上電探による誘導実験も、その後はほとんど機会がないまますぎた。

そんななかで六月下旬から七月にかけてのころの夜、一度だけ出撃したことがあった。B－29の目的が他地域への爆撃だったのか、それとも首都圏偵察だったのか、いまとなっては判然としない。ふだんは使わない電探の試用が任務だったようで、相模湾上空で目標からの反射波を捕らえた。偵察席に装備の小さなブラウン管に出た、緑色の輝線の表示は確かに認めたが、その方向に飛んでも敵機を視認できなかった。

この電探の性能は、有効角度三〇度、距離三キロと肥田技術大尉から聞いた。この程度の性能では、高速で移動する飛行機の捕捉には、よほどの習熟が必要であろうと考えていた。捕捉したときは障害物がない海上だから、私にも反射波を読み取れたが、山岳地帯ではうまく行くかどうか疑問に思われた。

〔黒鳥機に装備の十八試空二号無線電信機二型（夜戦二座用）の捕捉可能距離は、中型機（おおむね双発機）単機に対し四〇〇メートル～三キロ、艦船に対し約五〇キロ。最大距離の覆域は上下、左右とも三〇～四〇度〕

あとは待機ばかりで、われわれ夜戦隊の任務が何であるのか、分からないような状況におちいった。兵学校出のガンルーム士官が、階級が上の軍医官に対し「軍人ではない」と無礼にふるまい、なぐったという話を、下士官から聞かされた。将校たる兵学校出身士官の存在感は軍隊において、将校相当官の軍医とは比べものにならないが、たとえ形だけにしろ上官なのに、殴打するとは本当なのかと驚き、士気と規律の低下を強く感じた。

戦後になって、横空の医務科分隊長だった人物（彼がなぐられたのではないらしい）が事実だと証言したことも、私は又聞きで知らされている。

これまでにない新たな飛行作業が、夜戦隊に与えられたのは、七月に入ってからである。米軍が夜間に本土上陸作戦を実行する場合、夜戦は二五〇キロ爆弾を搭載し、高度五〇〇メートルから敵情を偵察、機会をとらえて敵艦船を爆撃する。六月の軍刀受領のおりに、車中で松田司令から伝えられた、この任務に対する準備として、爆撃訓練を命じられた。

「月光」ヨ-101号機の偵察席に「ボイコー」と呼んだ筒型の爆撃照準器（九〇式一号爆撃照準器）が取り付けられ、私は特進後の倉本飛曹長と打ち合わせて、訓練にはげむことになった。照準機は予備学生時代に鈴鹿空で扱ったことはあるが、飛行中の機から演習爆弾を落とした経験は一度もない。

前席にまもなく准士官に特進する倉本上飛曹、後席に私が乗って、電探の作動テストのためエンジンを発動中の愛機ヨ-101。6月の前半のまだ明るい夕刻に撮影した。

訓練場所に指定されたのは、戦艦「長門」、病院船「氷川丸《ひかわまる》」が停泊する横須賀軍港。港内に浮かんだ大型のブイを標的に、爆撃訓練に取りかかった。軍港と付近の空域を低高度で飛びまわり、「長門」のマストをかすめるように航過する。

同じ速度で五〇〇メートルの高度を維持し、直進水平飛行させるべく腐心する倉本飛曹長に、鈴空で習ったように「すこーし左」「ちょい右」「ヨーソロー」といったぐあいに伝声管で伝えて、爆撃進入時の針路の修正保持に努めた。実用機でのこんな訓練は未経験のペアなので、爆弾投下のさいの「ヨーイ、テッ」の呼吸が合わず、なかなかうまく行かなかった。

それでも五～六日の訓練のあいだに、着弾はしだいにブイに近づき、ときには直撃弾になって「よかったな！」と喜び合うこともあった。「直撃を得られました」と市川中尉に成果を話すと、日華事変で艦爆および艦攻の偵察員を務め、爆撃に従事した中尉〔第十二航空隊で九四式艦上爆撃機、第十四航空隊で九七式艦上攻撃機に搭乗〕からアドバイスがあった。

「実爆弾と演習爆弾は落下の特性が違う。直撃よりも、目標の手前に着弾させるつもりでやりなさい」

一キロの軽くて小さな演習爆弾と同じ位置から、大型・大重量の二十五番（二五〇キロ）爆弾を投下すれば、描く弾道に違いが出るのであろう。歴戦の搭乗員の指導を心に留め、ブイの手前に落とすよう努力した。

眼前で落ちた「秋水」

ロケット動力の新型戦闘機が完成して、横空か木更津基地でちかぢか試飛行が行なわれる、とのうわさが流れたのは、七月に入ってすぐであった。この試飛行は七日に横空で実施される、と伝わってきた。

当日は早朝から、横鎮や海軍省から要職者が来隊し、なにか異様な空気が感じられた。われわれ夜戦の第七飛行隊の指揮所は飛行場の南西側に位置し、主滑走路に最も近い。待機中で飛行服を着たまま外に出ると、四〇〇～五〇〇メートル先の野島の西側地区に、お偉方や横空および一技廠の関係者と思われる大勢の人々が、初の進空を見届けるために集《つど》っていた。オレンジ色の「秋水」が運びこまれており、まわりをこの機の装備部隊〔第三一二《さんひとふた》航空隊〕の隊員たちが行き来していた。

「秋水」はわずか三分間で高度一万メートルまで上昇し、三〇ミリ機銃を用いてB-29を一撃で撃墜できる、との評判であった。しかし、その空域でうまく会敵できればいいが、相手がいなかった場合に索敵し得るだけの航続力があるのか、空戦時の運動性は良好なのか、離着陸はどんなぐあいになされるのかなど、ロケット戦闘機についての知識がないため、素朴な疑問を抱いた。

昼間の邀撃でB-29を落とすのは難しいぞ、大丈夫かな、などと思いながら、試飛行のための諸作業を立ったままながめていた。

滑走路上の「秋水」は、整備員、技術者によって、点検と準備が進められているようであった。「秋水」部隊の操縦要員の主力は、同期の十三期予備学生出身者だと聞いていた。おそらく彼らも機体のまわりで、飛行のための用意を手伝っているのだろう。なかなか整備や諸作業が終わらない。ほかの夜戦搭乗員たちも指揮所前に集まってきて、試飛行を待ち受けた。

やがてテストパイロットが操縦席に入った。いままでは「秋水」を操縦した唯一の搭乗員と

試作機を示すオレンジ色塗装の「秋水」に搭乗した犬塚豊彦大尉。風防は開状態、手前で三一二空付の士官たちが話し合っており、発進までには少し間があるころだろう。

して、犬塚豊彦大尉は有名だが、まったく接点を持たなかった私はその名を知らず、聞かされてもいなかった。

いよいよ実験開始である。ロケットエンジンが始動し、白煙を上げたと見るや滑走に移る。短距離で離陸し、轟音を発しつつ四五度（私にはそう思えた）の急角度で東京湾上空へ上昇していく。われわれの身体どころか、横空全体を包みこむほどの、すさまじい音であった。

高度四〇〇〜五〇〇メートルでロケットの噴射が止まり、同時に音もとだえた。「秋水」は右に旋回し、夏島上空から降下して、西側から滑走路に着陸するような態勢に入った。見るまに高度を失って、横空の西側の拡張工事区域にあった木造建物の屋根に接触し、地面に墜落した。

落ちた場所から白煙がもうもうと上がり、多くの人々が救助に走る。われわれ夜戦隊員の面々は、大変なできごとに驚いたが、すぐに事態を理解し、搭乗員の無事を祈った。救急車が医務室の方向へ走っていく。しばらくして隊内放送で「O型の血液の者は至急、医務室に集まれ」と通達があった。私の血液型は違ったので、出向かなかった。

「秋水」の試飛行は失敗し、ほどなく搭乗員の殉職が伝わってきた。その結果がひどく残念に思われた。これが前年の夏の二例に続く、三度目で最後の墜落事故目撃であった。

片車輪の「東海」を誘導

「秋水」の試飛行失敗がある種のきっかけになったものか、それまでに耳にしなかったうわさ話が流れてきた。

沖縄が六月二十三日に陥落したからには、米軍の次の作戦は内地への上陸であろう。予想されるのは九州の宮崎か、関東なら相模湾岸一帯、あるいは九十九里浜ではなかろうか。それに備えて各航空隊は燃料の節約保存に努め、保有全機とも特攻に使われる、という内容で、語り合う口調に殺気立つ感じがあった。

司令の言葉どおりなら、私のペアには特攻出撃は命じられないが、単機で低空からの偵察爆撃に行くのだから、生き残れる可能性はないと覚悟していた。

夜間に陸上攻撃機などの無線電信機に入る、ハワイだかマリアナだかからの対日放送を、待機中の搭乗員、整備員が聴くようになり、私も何回か聴取した。内容は日本の民謡、継戦放棄の勧めなどで、戦争がどのように終わるのか分からず、さらには敗戦にいたる事態など想像もできなかった。

このころ、もう一機の可動「月光」であるヨ-103は、野島の山腹に造られたトンネル式掩体壕に入れてあった。以前に湿気に閉口して居住をやめていた、野島の地下壕内の私室が近くにあり、私も昼間に敵戦闘機が来攻したさい安全なように、ときどきこちらで休むようにした。

隊長が児玉大尉にかわって以降、なにごとにも意気が上がらず、いらつき気味だった。いまふり返れば、夜間出撃のつど打たれた「暗視ホルモン」が、なんらかの影響を及ぼしていたとも思えるが、当時は思いいたるはずはなかった。

爆撃訓練が終わってからは、明確な作戦目的のための飛行作業はなかった。しかし技倆維持に必要なので、敵戦闘機の侵入がないのを確かめたうえで、横須賀軍港、横浜港、東京湾の上空を、倉本飛曹長とたまに飛行した。また機材の完備維持のためにも、飛行は必要だった。飛んでみないと整備した機の調子が分からないのである。

軍港内にはあいかわらず「長門」が停泊中。横浜港の北側の入口には仮設空母のような艦が、飛行甲板を港内側に見せて、傾いて沈んでいた。どこにも動きが見られない静寂な空気のなかを、飛んでいるのが無意味に感じられた。

横空の飛行作業は前にも増して低調で、ほかの飛行隊の機が離着陸するのもあまり見かけなくなった。

七月のある日、第七飛行隊の指揮所の中から、ぼんやり滑走路をながめていると、磁気探知機を付けた対潜哨戒機「東海」が離陸していった。すると二〇～三〇メートルに高度が上がったところで、右の主車輪が脱落するのが見えた。片車輪は着陸時の大事故につながりかねない。

すぐに指揮所の電話を取って、「東海」の所属飛行隊〔横空・第四飛行隊〕の指揮所へ状況を伝えた。ところが、この機は無線電信機を積んでおらず、教えようにも連絡不能との返事である。

市川中尉に事態を報告。「月光」ヨ-101の機体に字を書いて知らせることを思いつき、一存で整備員に作業を命じた。胴体右側の偵察席と日の丸のあいだの広い部分に、白墨《チヨーク》の腹で、手早く「右車輪落下」と大書し終えるのを待ち、倉本飛曹長の操縦で「東海」を追った。

千葉市近辺の沖から東京湾の縦深を利用して磁探テストを行なうだろう、と読んで北東へ飛ぶと、予想が当たってうまく機影を発見できた。左後方から接近する。近寄ってきた「月光」に、「東海」の操縦席内はなにごとかと驚いているようすだ。側面風防の窓ガラスを開けて、脚を引き込んだナセルを指さしたが、意味を解さなかった。そこで側方に出て真横に並び、指で胴体のチョーク文字を示すと、事態を悟った機長らしい搭乗員が、片手で拝むポーズをとった。

そのまま基地まで同航する。飛行場に消防車、救急車と、地上員らの姿があった。「東海」は脚を入れたままで、滑走路わきの草地へ胴体着陸でスムーズにすべりこんだ。火災にならなかったのを確認してから、われわれも降着した。

胴体の文字はすぐに整備員にぬぐわせた。指揮所に帰ってまもなく「東海」の機長の大尉がやってきて、下級の私に「いろいろ、ありがとうございました」と、ていねいに礼の言葉を述べてくれた。兵学校出の温和な人物であった。

最後の半月間

B－29の来襲はなくても、夜間待機はなお続いた。私は指揮所に隣接の物置小屋で、夜の時間をすごした。

こんな不活発な状態なのに、七月が終わるころ、偵察員の福島亀男上飛曹と操縦員の丸田繁上飛曹が、第七飛行隊に着任した。二人とも、ボルネオ、セレベス方面の三八一空で実戦の経験があったが、ろくに任務がないのにどうして転勤してきたのか、理由が分からなかった。実際、彼らに与えられた仕事はほとんどないようであった。

変化といえば、それまで第七飛行隊の先任下士を務めた十五期乙飛予科練出身の深見上飛曹よりも、福島上飛曹（一期丙飛予科練と記憶する）の方が先任なので、交代したことだろう。福島兵曹は夜戦隊最後の先任下士を務める。

手持ち無沙汰《ぶさた》なふんいきが破られたのは、八月一日の夜。敵の上陸用の大船団が北上中との報告が、伊豆大島の見張所からもたらされたのである。これを確認するために、横空夜戦隊に偵察が命じられた。

かつて司令に言われた「敵艦隊の夜間来攻時の偵察一番機」に準じた状況が実現した。したがって出動ペアは私と倉本飛曹長で決まりである。爆装ではなかったが、これが最後の飛行になる、と強く感じて、ヨ-101の前で整備員に「おい、これが俺たちの棺桶になるんだぞ。よく磨けよ」と語りかけた。

出発の合図を待っていたら、整備員が走ってきて「分隊士、出発取りやめです！　あの情報は間違いだそうです！」と大声で伝えた。大船団は夜光虫の明かりを誤認したもの、とのことであった。

敵の夜戦と対空砲火が待ち受ける空域へ行くのだから、戦死は確実と覚悟していたため、そのぶん安堵《あんど》が大きかった。ほっとして全身から緊張が抜け、まさしく感無量。倉本飛曹長と顔を見合わせて「助かったなあ」「よかったですね」と互いに本音を口にした。

このあと飛行作業の機会はますます少なく、夜戦隊の沈滞ムードがさらに顕著化した。敗戦は決定的とする風評が、どこからか流れてきて、隊内でもいろいろ取り沙汰され、敗戦後の身のふり方を真剣に話す隊員もいた。敗戦とはどんなことか、どうなってしまうのかなど、私には予測のつかない事態であった。

八月六日、広島市に特殊爆弾が投下され、市街は廃墟と化したとの知らせが伝わった。特殊爆弾とはどんなものなのか、被害の実態はどのようであるのか。「調査のために飛びましょうか」と市川中尉に申し入れたところ、より広島に近い航空隊から出動するだろうから必要なし、と止められた。本来なら飛行隊長の児玉大尉に意見具申するところだが、六月下旬以来、指揮所で見かけることがなかった。

特殊爆弾は原子爆弾と聞かされたように思うが、やはり内容は分からなかった。広島市は一瞬のうちに破壊された、ものすごい威力の爆弾である、といった話が伝わってきて、「東京のように焼け野原にされたのか」と想像した。

すると九日には長崎市に同種の爆弾が落ちて、広島の場合と同じく瞬時に壊滅した、という情報が入ってきた。二〜三日たつうちに、両市の惨状を推測しうる記事が新聞にも掲載された。

四月に不可侵条約の一方的な破棄を通達していたソ連が、対日戦闘行動を開始し、満州に侵攻したのも、九日であった。隊内でこれを知らされたとき「両側から挟《はさ》み撃ちとは。いよいよだめなのか」と嘆じはしたが、自身の戦意の衰えは特になかった。

十一〜十二日ごろ、機上電信機から流れる米軍の短波放送は「日本は全面降伏をしました。戦争をやめて家族のもとへ帰りましょう」とくり返し、高空から撒《ま》かれた敵のビラにも同じような内容が書かれていた。

「日本は負けました」

八月十四日の夕方、野島の地下の部屋にいると「十五日の正午に天皇陛下の重大放送があるから、本部前の広場に総員集合するように」との隊内放送が再三にわたり流された。同室の肥田技術大尉も居合わせて「この暑いのに」「行かなきゃいかんのでしょうか」と言葉をかわした。

このところの経過から、ひょっとしたら敗戦の事態に関わる放送ではと思い、十五日は集合の広場へ行く気になれず、野島壕内の私室で迷っていた。「負けたのかも」「だめですかね」と話し合った肥田技術大尉も、同様に思案しているようであった。

結局、正午近くになって広場行きを決めた。飛行服を三種軍装に着がえ、軍刀を手に、野島の壕を技術大尉と連れ立って出て、滑走路まで来たとき正午を知らせる合図（サイレンか。どんな音だったか記憶にない）が響いた。その場で立ち止まり、直立不動の姿勢で詔勅《しょうちょく》の放送を、酷暑のなかボンヤリと聴く。拡声器からの声は距離が遠く、また雑音が多いので、内容がよく分からなかった。首すじから汗が流れていた。

放送が終わり、ゆっくり歩いて指揮所に来た。整備の先任下士がこう言った。

「日本は負けました。予備士官はいいですね。学校を出ているから、〔職を得て〕生き延びられるでしょう」

その言葉につられて、

「どうなるか分からないが、信州の山に入って林業でもやるかな」

と返した。木材は高専で専門教育を受けている。焦土の都会にはたくさんの建築資材が必要だろう、と考えたのである。先任下士ほか二〜三名から、すぐ異口同音に反応があった。

「分隊士、そのときは連れていって下さい」

戦争に負けたらどのようになるのか、私には皆目分からなかった。整備の吉田中尉（私と同日に進級した）、肥田技術大尉との三人で話し合ったが、確たる言葉は誰からも出なかった。第七飛行隊のなかでは「これで生命《いのち》は助かった」と安堵する声が多かった。

正午の玉音放送を本部前の広場で整列して聴いた横空の幹部は、無条件降伏を知って号泣したと、その場にいた下士官兵が話してくれた。放送のあと松田司令から「日本はポツダム宣言を受諾した。隊員は自重し、軍規を守り、次の命令を待つように」という訓辞があったそうだ。

詔勅ののち、隊員の多くは呆然となり、横空全体が虚脱状態におちいった。敗戦で捕虜になった搭乗員は、去勢されて南方へ送られ、死ぬまで牛馬のごとく酷使される——こんな流言があちこちでささやかれた。

厚木基地の三〇二空から零戦が一機、横空の上空に飛来して、徹底抗戦の檄文《げきぶん》を印刷したビラを撒《ま》いていった。これを読んで「降参はしない」「三〇二空が立ち上がるぞ」と意気ごむガンルーム士官の搭乗員もいた。ほかに陸軍の双発機が単機で上空にやって来て、やはり抗戦のビラを散布するのを目にした。横空のなかで抗戦態勢に入るため、隊員が指揮所に集《つど》った飛行隊もある。

　夜戦隊にはそうした動きは見られなかった。敗戦により戦争が終わったことを、そのまま受け容れるムードが支配していた。

　夕方になって、山崎、倉本両飛曹長、深見、木南両上飛曹ら七名と、さまざまな出来事や復員後のあれこれなどを話すうちに、「なにか思い出になる品物をもらって別れよう」と誰かが言い出した。

「双眼鏡とか落下傘はどうだ？　落下傘の布は生活に役立つに違いない。米軍に引きわたすくらいなら、持って帰ろう」

敗戦の日、別離記念写真の１枚を指揮所前にある防火用水の土手で撮った。手前は左から倉本十三飛曹長、山崎静雄飛曹長、丸田繁上飛曹。後ろは左から深見一二上飛曹、姫石計夫上飛曹、井原俊雄一飛曹、木南謙一上飛曹。

それぞれが使っていた落下傘を記念品にもらうのだから、なにも問題はないように思われた。

　ちょうど相談がまとまったところへ、普段はまったく顔を出さず、飛行作業も行なわない隊長の児玉大尉がやってきた。この話を伝えると、いきなり烈火のごとく怒り出した。

「海軍軍人にあるまじき行為だ！　絶対に許さんっ。これは命令だ！」

　激しく言い捨てて、すぐに立ち去った。隊長命令とあっては、従わざるを得ない。なごやかで、いささかもの寂しげな惜別のムードが、すっかり白けてしまった。薄暗くなってはいたが、唯一の共通の記念にと集合写真を撮影した。

　私の知る範囲では、横空夜戦隊で勤務した搭乗員は、士官と下士官兵を合わせて三〇名前後であった。うち一〇名ほどが、在隊時あるいは転出先で死亡している。一年以上勤務し、敗戦時に在隊したのは、市川中尉、工藤飛曹長、山崎飛曹長、徳本上飛曹（入院加療中）、倉本飛曹長、深見上飛曹、私の七名であった。

第六章　敗戦ののちも勤務を続行

横空に残る

八月十七日から復員開始、十九日までに完了との命令が横空司令部から出された。米軍による調査などに協力するため、司令部関係、各飛行隊、性能テスト担当の審査部など全部門から、合計五〇〇名ほどを選んで残留部隊を構成せよ、とも命じられた。

第七飛行隊でこの件をつかさどるべき児玉大尉は、十五日の落下傘さわぎのほかは、これまでどおり指揮所に姿を現わさなかった。

准士官以上の搭乗員では、特進の倉本飛曹長を除けば私がいちばん若く、独身でもあり、郷里も近いので残ることにし、倉本と下士官搭乗員の全員を、ひとあし早く十六日から復員させた。彼らが必要と思う品物は「なんでも持っていけ」と伝えた。彼らの退職金は小切手で支払われたと聞いている。

別れが近づいたとき、先任下士の福島上飛曹が私に語りかけた。

「お願いがあります。これは戦地で護身用に大切に持っていた拳銃ですが、お別れの記念に差し上げます。受け取って下さい」

差し出されたのは拳銃と数発の実弾。「それはもらえないよ」と断わったが、ぜひと手わたされた。彼も始末に困ったのだろう。処置を考えたすえに、分解方法を教わってバラバラにし、隊内の防火用水槽に投げこんだ。

夜戦の整備分隊では吉田中尉が残留した。「米軍となにか起こったら俺たちが責任をとればいいや」と二人で話し合った。

負傷が癒《い》えた工藤飛曹長は、すでに医務科の病室から出て、指揮所に顔を出すようになっていた。八月の初めごろに夫人に私物を持たせて、先に九州の家へ帰した。ところが私物のうち最重要の、ラバウルで授与された戦功賞の軍刀〔第十一航空艦隊司令長官・草鹿任一中将からの「武功抜群」と墨書《ぼくしょ》された白鞘《しろさや》の日本刀〕を、車中で盗まれてしまい、ひどく憤《いきどお》っていた。

復員が始まると、横空に勤務したおおぜいの地上員たちは、誰もが大きな荷物を背負い、両手に下げて退隊していく。私物のほか、上官から許された、あるいは勝手な判断で入手した品々である。驚くほどの量なので、思わず「おい大丈夫か、そんなに担《かつ》いで」と声をかけたこともあった。

　重すぎて運びきれないと分かり、隊門から程遠からぬ道路端に、少しずつ捨てていく者が少なくない。それを近所に住む人々が喜んで頂戴《ちょうだい》する光景が見られたと、残留隊員が話していた。

　私は名前ばかりの農耕班長であったため、農耕班の下士官が復員にさいして「牛をいただきたいのですが」と頼みにきた。

「牛をどうするんだ?」

「私の郷里は水戸のさきで農業をやっています。農耕に牛を使いたいので、いただけませんでしょうか」

　航空隊所有の制式兵器たる落下傘とは違って、牛は便宜的に飼っている動物にすぎず、私は担当グループの長だから、この件について自分流に処置しても、どこからも文句は言われない。

「よし、持っていけ。茨城まで牛と歩いていくのか」

「四～五日あれば帰れます。食料や物品は牛の背中に積んでいきます。牛の餌は途中途中で草を食べさせれば大丈夫です。ありがとうございます」

　下士官は喜んで、牛舎へ向かって走って行った。運び役を兼ねさせた、一石二鳥の復員荷物だと感心した。

要務士は小学校の同級生

皆が復員し、吉田中尉と私だけしかいなくなった第七飛行隊の指揮所は、実用実験や邀撃戦で忙しかったころに比べると、みじめなような静けさであった。

八月十六日か十七日のことである。指揮所でひとり漫然と飛行場をながめていると、九七艦攻が一機着陸した。搭乗員と便乗者、合わせて五名が降りて、草地に座り、なにごとか話している。

双眼鏡でそのようすを確認した私は、指揮所を出て、彼らのところへ歩いていった。

「機長は誰だ？　所属の部隊はどこか？」

「四国の徳島空から脱出してきました」

階級章を除去した飛行服の男が答えた。

「よし、それなら本部に報告して、許可を取ってくるように」

私が指示をして庁舎の位置を教えると、彼は報告に出かけていった。残りの四名に指揮所で休むように勧めたが、遠慮して動かない。そのなかの襟章を外した三種軍装の人物に、どうも見た覚えのある気がする。

「君は小学校で同級だった磯野直久君じゃないか？」

私の問いかけに、一瞬だまり、驚いた感じで「うん……ああっ黒鳥！」と声をあげた。彼は十四期予備学生出身の飛行要務士〔航空部隊の書類作製や資料判読などを担当〕の少尉で、東京近辺の出身者五名で脱出の合意ができ、偵察席と電信席に二人ずつ乗って、ここまで飛んできたとのことであった。

子供のころはツンとすました性格だった磯野君とは、違う中学校へ進んだため、ずっと会っていなかった。指揮所の前で住所を交換し、後日の面会を約束した。

飛行機残置の許可を本部でもらえたようで、艦攻を乗り捨ててそれぞれの郷里へ帰っていったらしい。横空で小学校時代の旧友と出くわすとは、想像もしなかった。

やはり十七日ごろ、基地の警備を担当する保安係の兵から、父と妹が訪ねてきたと連絡があった。敗戦後は基地内への部外者立ち入りは禁じられ、部屋へ通せないので、正門わきの柵ごしに会って話し、私物の一部、現金などを持ち帰ってもらった。

「これから、どうするんだ？」と父が聞いた。

「分からない。〔離隊の〕命令があるまで残るよ。夜戦の搭乗員としてね」

父の「犬死にはするなよ」との言葉と口調が、胸にひびいた。搭乗員は去勢後に重労働のほか、中国軍に飛行機とともに引きわたされる、など不気味なうわさが不安をかき立て、心中は穏やかではなかった。

野島に近い滑走路に、全体を白く塗って、胴体に緑色の十字を描いた一式陸攻が、一機停めてあるのを見たのは、十九日だったと思う。敗戦を各地に知らせるために用意した機だと、誰かから教えられた。

〔この白塗りの一式陸攻は、河辺虎四郎陸軍中将らの降伏使節を、沖縄の伊江島まで運ぶために、横空側で用意した三機のうちの一機だったと考えられる。横空からの一機は十八日の午後に木更津基地へ移動合流し、十九日の朝、伊江島へ向かった〕

私と吉田中尉の食事は、残留の兵員が主食を炊き、副食は各種缶詰を主体に用意して、指揮所の隣室に運んできてくれる。ガランとしたガンルームへ食べにいくこともあった。ときには東京の家へ、残っていた荷物を持ち帰り、ついでに風呂に入って、また横空へもどった。自宅は周囲の何軒かとともに、焼け残っていた。

初めはおとなしかった残留隊員たちも、そのうち手持ちぶさたになり、手榴弾を海に投げこんで魚を獲ったり、酒を飲んで騒いだりと、荒れるようすがあちこちで見られた。

横須賀から東京・築地へ

八月二十二日の夜、隊内にいてもすることがないから、吉田中尉と連れだって外出し、行きつけの料亭「魚勝」へ出かけた。しかし混んでいたので河岸《かし》を変え、市川中尉がよく使っていた「政」に上がった。この店は特務士官御用達《ごようたし》で、兵学校出身者の姿はなく、気がねなくすごせる。

「魚勝」のときと同様に清酒を持参し、料理を出してもらった。もう接待の女性はほとんどいない。ただ飲んでさわぎ、置いてあった墨汁で、やり場のない気分のままに、壁に落書きなどしてすごした。

ふたたび飛べないようにプロペラを取り去られた「月光」一一型後期生産機。不調続きで作戦飛行にほとんど使われなかったヨ-102である。遠方は一式陸上攻撃機三四型。

もうここを訪れる機会もなさそうに思え、持っていた二〇〇円札で支払いをすませ、お釣りは「これで暮らしを立てなさい」と言いそえて、賄《まかな》いのおばさんに全額をチップに取らせてやった。自分が金を持っていても、使い道がない気がしたのである。

翌二十三日の朝、指揮所の隣室で目覚めたら、爆音が聞こえる。見上げると、横空の上をグラマン二〜三機が低空飛行中であった。隊内を見てまわると、昨日までは別状なかった飛行機が、全機プロペラを外され、あわれな姿に変わっていて、敗北を印象づけられた。集会所には真新しい白毛布が敷かれており、まもなく米軍が進駐してくることを知った。

野島の地下壕内の倉庫には、食料品や各種物資が多量に貯蔵してあると聞いていた。残留部隊は築地の海軍経理学校へ移動が決まり、二十四日にはトラックなどの車輌に米、缶詰、飲料、衣料、日用品などを積んで、続々と運び始めた。酒だけでも五万本も貯めてあったそうだ。食料品の一部は、近在の住民に配られたらしい。

器物や日用品も豊富にあって、残留隊員にもおすそ分けがあった。私も毛布一枚、飯盒《はんごう》一組、乾パン、洗濯石鹸をもらった。数百人の残留隊員が大荷物をたずさえ、二日間で横空を離れていく光景は、なんとも寂しいものである。

運搬車輌の出入りもひんぱんで、物資を積んではどこかへ走り去る。将官、佐官ら高級幹部のところへ運んだとか、トラックが運転兵ともども行方不明になったとか、混乱したうわさが飛びかった。物資の行き先は不明だが、兵学校出身の縦のつながりにより命令系統が忠実に秘匿《ひとく》維持されたようで、大きな騒動には至らなかった。

経理学校への移動指定日は八月二十五日。私も二十四日に、毛布や石鹸を落下傘バッグに入れて、その日のうちに横空から家へ向かった。残留部隊は状況変化のため混乱状態で、横空退去を誰に伝えたのか覚えていない。

四月の邀撃戦からこのかた、常に頭のどこかで戦死を意識し、敗戦後の残留でもなにが起こるか分からなかったから、負傷もなく生きて家に帰れるのは複雑な心境をともなった。三種軍装で追浜駅から省線電車（のちの国電）に乗って、品川駅と新宿駅で乗り換えて中野駅に着いた。

暑さと強い日差しのため、だるくて息苦しい。横空での缶詰主体の偏《かたよ》った食事のせいなのか、と直感的に思った。張りつめていた気持ちが緩んだせいもあっただろう。もっと神経的な症状の表われが原因だったのかも知れないが、このときは気づかなかった。ホームから降りてきた階段で、腰を下ろして休んだ。駅員が走ってきて「ご苦労さまでした。大丈夫ですか」とたずね、荷物を出口まで持ってくれた。落下傘バッグを見て、遠い戦地からの復員者と見なしたらしい。礼を言って自宅へ向かう。

家に入って両親に会い、ほっとした。「明日からは、築地の経理学校で残留部隊の勤務を続けるが、心配しないように」と説明。その夜は、父がどこからか手に入れた石炭で風呂を立ててくれ、ゆっくり湯にひたってくつろいだ。

翌二十五日、三種軍装で自前の軍刀をたずさえて、省線の有楽町駅で下車した。日本劇場（日劇）の前を通り、焼け野が原の銀座三丁目の交差点を築地方向へ歩いて、空襲の被害を受けずに残る海軍経理学校に着いた。

正面入口に「松田部隊」と書かれた板が掲げられていた。来隊を係の下士官に伝える。校内には海軍の軍人がおおぜいいて雑然とし、どこへ行けばいいのか分からない。長い机が乱雑に置かれた部屋に、三種軍装の下士官が一〇名ほど入っていた。暑くて疲れ、ひと休みしようと机の天板に腰かけた。「皆の部屋割りは決まったか」とたずねると「まだ決まっていません。待機中です」とのこと。それではと上着を脱ぎ、机の上に横になる。とたんに、天板に接した腕、わき腹に猛烈なかゆみを生じ、とび起きて叫んだ。

「なんだ、これは⁉」

「南京虫ですよ」

下士官の一人が、笑いながら答える。

「机の引き出しを開けてみて下さい」

開けると、スイカの種のような黒い虫が、引き出しの内側にいっぱい付いていた。横空では南京虫など聞いたことがなかった。

「なぜ経理学校の校舎に、南京虫がこんなにいるんだ?」

「ここに陸軍の防空隊がいました。彼らが持ちこんだのが原因だと思います」

あまりのかゆさにたまらず、医務室を見つけて塗り薬を処方してもらった。

顔見知りの隊員には出会わないし、これ以上の虫害には我慢できない。こんな所に泊まるのはまっぴらである。当直室と思われる部屋をさがして、庶務の主計科士官にきっぱりと言った。

「夜戦隊の黒鳥中尉ですが、南京虫にやられた。ここに泊まるより、自宅が近くだから通うことにする。よろしく」

立腹していたとはいえ、われながらずいぶん勝手な言い草である。敗戦以前なら庶務科とのやりとりは、もっとていねいに願い出て相談するのだが。

この日は食事だけすませて帰宅した。

生きるあてなき毎日

自宅から築地へ出勤し、朝食兼昼食を経理学校の食堂でとる。主食は米飯、副食は缶詰で、量は充分にあった。ほかの人たちは一生懸命に食べていたが、私は特に食欲はなく、食べても食べなくても構わない。うまそうなら箸《はし》をつけるが、もっぱら液状の航空糧食を出してもらって飲んだ。体重も六八キロまで落ちていた。

庶務科員で私の名を覚えている人が「お酒がいるなら持っていかれませんか」と声をかけてくれた。一本（一升／一・八リットル）一円二〇銭。民間ではまず手に入れられない貴重品だが、松田部隊は大量にストックしていた。それならと一本を分けてもらい、以後も毎日一本ずつ買って、合わせて一〇本ちかくを家に置いて、復員のあいさつや物々交換に重宝に用いた。

勤務といっても、米軍が夜間の空戦について質問してきたときに答える役目だから、ただ待機しているだけなのだ。午後三時か四時には経理学校を出て、帰宅の途につくのが日課であった。

通い始めて数日のある日、帰宅途上の築地の電停（路面電車の停留所）前で、米軍の報道隊員五人と出くわした。二人がカービン銃を肩から下げ、周りに目を配りながら歩いてくる。軍刀を携《たずさ》え、一升ビンを下げた私は、そのままま っすぐ彼らの正面に向かって進んでいった。三〜四メートルまで近づいたとき、彼らの方からよけて去っていった。戦後初めてのアメリカ人との出会いであった。内心ホッとはしたが、当時は敗戦のショックで精神的に混乱をきたし、ヤケ気味な心情で、なるようになれと思っていた。

飛行機乗りとして戦って、死に直面するのは当然で不可避、との観念を抱いていた。戦死もやむなしの気持ちで、毎日をすごしたのである。負けたために、そうした束縛からいきなり解き放たれても、維持し続けてきた覚悟の持っていきどころがなかった。

俺自身いまここにいる、俺は生き残っているのだ、絶対に生きなければ、と目覚めたのは、築地での勤務のあいだであった。松田部隊が要請して慰問に来てもらった、藤原歌劇団のプリマドンナ・大谷冽子《きよこ》がもんぺ姿のまま、仮設のホールで日本の歌を聴かせてくれた。美しくすばらしい声で歌われる「荒城の月」「椰子《やし》の実」「赤とんぼ」などは、私の胸に深くひびいて、自身の存在に気づかされ、生きていく決心が生まれた。

築地へ通ったのは九月初めまでの七〜八日間にすぎず、一度も宿泊しなかったから、経理学校内の松田残留部隊の内容は知らないに等しかった。横空で顔なじみだった脇軍医少尉、経理鶴《つる》健一主計少尉が残留部隊にいたことも、まったく知らなかった。

鶴主計少尉とは医務科で知り合った。第十二期短期現役主計科士官〔いわゆる「短現」の主計科士官。大学、高専の卒業生で、就職後まもない者のうちから採用。短期間の訓練をへて主計中尉または少尉に任官するが、予備士官とは違って実兵の指揮権はない〕で、東大から愛知航空機に入社し、九ヵ月後の十九年五月に召集を受ける。経理学校で訓練ののち、横空の主計科に着任した。彼はすでに故人だが、私が知らない実情を短現出身者の機関紙に記述しているので、以下に引用させてもらう。

〈翼をもがれた航空隊員のお守りをするのは楽ではないが、たっぷり物資は持っているし、毎夜のように慰安会である。プリマドンナ・大谷冽子の日本歌曲、宝塚から映画界入りした月丘夢路《ゆめじ》の映画主題歌、古川緑波《ろっぱ》一座の寸劇などで、敗戦の身を慰めたものである。物々交換によって、生鮮食料品やタバコも入手できた〉

私が大谷冽子の歌を聴けたのは偶然であり、ほかの慰安会についてはまったく知らない。一週間あまりの勤務でなにもすることがないので、「用があったら自宅に連絡するように」と申し出て、あとは顔を出さなかった。その後の状況を示すため、ふたたび鶴氏の回想記から抜粋する。

〈やがて経校（経理学校の略称）も、九月十五日に米第8軍の手で接収されるという。南京虫がいて米軍の居住には適さぬ、と抗弁してみても、全然意に介しない。最少人数の残務整理員を残し、大半を復員させることになった。

残務整理は、飛行長の飛田清中佐をキャップとして、築地の海軍クラブ—見習尉官時代の上陸時に休憩していた—料亭《レス》「仙波」で執務することになった。よくよくの因縁《いんねん》である。十一月ともなると、横空基地の引きわたしもすみ、残務整理はあらかた終わったとの観があった。

しかしレス「仙波」には、毎夜のように飛行長の宴会があり、芸者《エス》さえ侍《はべ》っている。とうとうある夜、宴会中の飛行長の前にとび出て、「いま食っている料理を主計兵がどういう思いで作っているか、少しは部下のことを考えろ」と啖呵《たんか》を切って、わら草履《ぞうり》をつっかけて、焼け野原の銀座にとび出し、興奮をしずめた。

翌朝、みずから退隊を宣言して、故郷・九州へと向かった。十一月下旬のことである〉

文中に出てくる飛田中佐は、四月十五〜十六日の空戦後の戦果報告に対し「弾丸を無駄に使うな」と文句を言った飛行長である。鶴氏は文を誇張して書く人ではない。敗戦後三ヵ月もたっているのに、飛行長が大きな顔をして、場違いきわまる芸者を呼んでいたのは、まぎれもない事実であろう。

経理学校の残留部隊では顔見知りに会う機会が皆無で、また特に仕事もなかったため、私は身勝手にすごした。そんなわずかな日時のあいだにも、敗戦前にはあり得なかった、隊内の指揮系統の乱れや統制の欠如が感じられた。

第七章　後遺症と闘った戦後

買い出しに苦労する

海軍時代の思い出に一種軍装で、布告文の書状、授与された軍刀を持った写真を撮ったのは九月のあいだである。また、撮りためた夜戦隊員や軍医官の写真をアルバムに整理したのもこのころだった。

昭和二十年（一九四五年）十月か十一月のある日、警察官が来宅して、軍刀の提出を求めた。米軍の命令による措置だそうで、所持者の名簿を持ってまわっていた。よく調べたものだ。わたしたのは水交社で一〇〇円で買った軍刀だから、少しも惜しくなかった。若い警官は受け取ると「ありがとうございました」と言って引き上げて行き、授与された軍刀についてては触れてこなかった。

復員後、まず直面したのは食糧難である。敗戦直後から残留部隊を辞すまでのあいだに、どうしたわけか退職金を受け取る機会がなかった。けれども、よしんば金を持っていたところで、品物が手に入らない。

〔十三期予学出身の中尉の場合、退隊時に一五〇〇～二〇〇〇円を支払われているが、主計科から通知されず、受領しないまま復員した者が少なくない〕

母と妹が早朝、リュックサックを背負って、千葉県、埼玉県まで買い出しに出かけたが、すさまじく混んだ列車の往復で、帰宅は夜になる。米は入手できず、ちょうど収穫時期のさつま芋が主な食糧になった。私は食欲不振だったが、それでも腹は減り、芋は嫌いではなかったので、それなりに体力を維持できた。

女性には大変な仕事なので、高等農林時代の友人の若宮正次君と連れだって、芋の買い出しに出かけた。総武線の千葉駅で房総線に乗り換え、買い出し連中について農家を一軒ずつまわり、作物を分けてくれるよう頼んだが、「〔金ではなく〕なにか着るものを持ってきなさい」と言われ、断わられた。交渉にもコツがあって、なれた人たちはうまく買い入れ、大きな荷物を背にしていた。

二人で何軒も訪ねたのち、ようやく次の農家で「飛行兵で苦労しました」と話したら、リュック一杯の芋を譲ってもらえた。買い出しがこれほど大変とは思わなかった。

ひどい満員列車になんとか乗りこんだ。同じ駅から乗車した、大荷物を持った年配の女性や老人を掛けさせるため、向かい合わせの四人掛けの座席にいた元気そうな乗客に交代してもらう。大量の荷物が座席に積み置かれ、その上に座るから、頭が天井に触れそうであった。

千葉駅に着いたけれども、この混みぐあいでは、大荷物とともに乗降口から出るのにはずいぶん時間がかかる。そこで若い男性に声をかけて、先に窓からホームへ出てもらい、女性や老人が窓から降りる手助けを頼んだ。荷物は私たち二人が車内から手わたして、ついでに都心行きに乗り換えるホームまで誘導した。

焼け残った中野の自宅で9月に撮った、海軍時代を記念するための写真。中尉の襟章を付けた一種軍装で布告文を読む。授与された軍刀と刀袋をわきに立てかけてある。

このころは不正な物流を取り締まる経済警察官が、主要な駅に配置されていた。誘導案内中の人々の大荷物は当然、目を付けられる。私は取締官たちの前に立ち、だまって顔をにらみつけた。復員士官とすぐに分かる三種軍装、飛行靴をはき、搭乗員特有のきつい目つきをした大がらな男に気圧《けお》されたのか、彼らはなにも言わないで見逃してくれた。

こんな苦労で運ぶ主食の芋も、量は

とても充分ではなかった。生鮮野菜も手に入らず、家の周辺の雑草を食べたこともあった。

白紙答案を提出

敗戦による気持ちの混乱がさめやらず、今後への不安が頭をもたげる。昭和二十年の晩秋あたりから、精神的に落ち着かない状態の日々が続いた。

体調不良でイライラし、ちょっとしたことが怒りにつながった。以前は弟や妹を叩くことなどなかったが、口より先に手が出てしまう。ひとまわり年下の弟が、たいてい被害者になった。このいらだちは、敗戦のショックが原因と思っていた。

食欲はめっきり衰えた。なにも食べたくない。水だけがうまかった。好物のタバコは売っておらず、闇《やみ》でしか手に入れられない。中野駅周辺で「タバコありますよ」と寄ってくる売り手から、しばしば購入した。刻みタバコもあれば、米軍の流出物資で値の張るシガレットもあった。刻みタバコは辞書の紙で巻いたり、キセルで吸ったりした。

東大の林産学の教授で、東京高等農林（東大農学部の専門部的な存在であった）で教えを受けた恩師・芝本武夫先生に、松田残留部隊の主計科から買った清酒を持って、復員のあいさつに行き、就職への意志も伝えた。先生には兄も教えを受けていたので、現況をたずねられたが、敗戦後の音信が途絶えたままで、生死は不明であった。

ややたって翌二十一年の一月に、高等農林の教職、国立林業試験場の研究職員、四国の営林局の話が持ちこまれ、ほかに日本発送電（電力会社の発送電力を分ける会社）から木材の専門職をとの打診もあった。私の学歴では教職や研究職は将来性がない、できれば東京を遠く離れたくない、仕事の内容が興味を引かない、といった理由でいずれも辞退した。

一月の終わりごろ突然に、兄がよれよれの軍服を着て、大陸から復員してきた。

「お前、生きていたのか！」が兄の最初の言葉であった。北京の陸軍病院に入院中に、軍により刊行されていた新聞で、私の全軍布告の記事を見たとのこと。新聞に出たなら戦死の確率が高いのだが、戦死にふれた記述がどこにもないので、生きているに違いないと思ったそうである。軍隊にいた兄弟がともに復員できたため、両親の喜びは大きかった。

しかし私の体調、とりわけ精神状態は、ひどくなるばかりであった。神経が騒いで、家にじっとしていられない。どうしていいのか分からず、電車で東京駅に出て、有楽町まで当てもなくぶらぶら歩き、米兵に出会うとにらみつけた。夜も目がさえて寝つかれないのは、長らく続いた夜間待機の習性だろうと考えた。なんとか眠っても、B－29や山田隊長、夜戦隊員が夢に現われ、うなされた。

食欲がないところに、米はもとより、まともな副食や調味料も手に入らないため、ろくに食べられず、体力は落ちていく一方。心身ともに異常な状態におちいったが、これらを「暗視ホルモン」と結び付ける知識など持ち合わさなかった。

二月に入って芝本先生から、当時は浜松町駅のそばにあった運輸大臣官房技術研究所（のちの国鉄技術研究所）へ面接に行くように、との手紙を受け取った。先生の家へうかがって「どういう研究でしょうか。僕でも勤まりますか」とたずねると、「大丈夫。向こうへ連絡しておくから」との返事であった。

家は焼け残ったが、主な衣類は、兄が勤務した目黒の林業試験場へ移したのが裏目に出て、みな焼けてしまい、ちゃんとした服装を整えられない。三種軍装、ネイビーコート（既出の第二種将校雨衣）を着て、さっそく技術研究所へ出向いた。

庶務の事務官に面接のための訪問を伝えると、別室に案内された。室内には学生服姿の三〜四名が先着しており、彼らも面接待ちのように思われた。

待っていると事務官が入ってきて、用紙を配り始めた。物理と化学、それに国語だったか、どれも試験の答案用紙であった。私は鉛筆一本すら持ってきていない。面接に行けと言われて来たのに「テストとはなにごとだ」と怒りがまた込み上げてきた。

問題は格別難しいものではなく、落ち着いて考えれば解答可能なはずだが、そんな気分にはならなかった。片意地を張っていたのである。

事務官に鉛筆を借りて、名前だけを用紙に記入し、提出した。部屋を出ようとすると、事務官が「お待ち下さい。面接がありますから、部屋にいて下さい」と引き止める。紹介してくれた芝本先生の立場を悪くしては、と思い直し、かたちだけでも面接を受けて帰ろうと気持ちを切り換えた。

しばらく待ったのち、別室へ連れていかれ、事務長にたずねられた。

「あなたは答案になにも書いてないようですが、物理や化学はきらいですか」

「海軍の航空隊の搭乗員として、二年ちかく訓練と勤務をしていました。とくに、後半の一年三ヵ月は夜間戦闘機に乗って、東京上空で敵と戦ったのです。学生時代に勉強したことは、ほとんど覚えていません。ABCすら忘れてしまった、まったくひどい状態です。だから、申しわけありませんが、白紙で提出しました。お詫びします」

頭を下げると、事務長は話の方向を変えた。

「そうでしたか。分かりました。それでは戦いのようすなどを聞かせて下さい」

問われるまま、乗った飛行機の名、横空の内容と状況、夜間邀撃、他部隊で戦死した同期生などについて答えた。本土決戦での戦死を覚悟していた自分が、生き残って就職の面接に来たことを、申しわけなく思うことも付け加えた。

事務長から「お疲れさまでした。いずれ連絡をしますから、これでお帰り下さい」と告げられて、帰途についた。なんだ、いまごろ学生といっしょにテストなんか受けさせて、という不満を強く感じていた。

両親には、白紙答案については話さなかった。次の就職先について考えるが、頭の中は虚脱状態で、イライラがつのる。あい変わらず食欲はなく、東京の街《まち》へ出て歩きまわって疲れても、夜目がさえて眠れなかった。敗戦ショックの継続のほか、栄養失調も原因のひとつだと思いこんでいた。

恐怖の満員電車

落ちたはずの運輸大臣官房技術研究所から「運輸技官を命ず」との採用通知が届いた。なにかの間違いでは、と思ったが、〝一張羅《いっちょうら》〟の三種軍装を着て指定日に出向いた。

ふたたび庶務課事務官に案内されて、事務長に会うと「一ヵ月の試用期間を見て正式に採用し、辞令を出します」とのこと。続いて、配属先の第四部のリーダーである田村隆部長との顔合わせである。

「君には、木材研究室への配置を命じる。鉄道の枕木《まくらぎ》は戦争でそうとう痛んでいて、交換しなければならない。いままで栗、檜《ひのき》を使用していたが、資源不足なので、国産材で使える樹種を探し、その材質、資源の多少などを調査したうえで、どれにするか早急に決定できるよう努力してくれ」

部長は言葉を続け「室長は海軍の技術士官だった山名成雄《しげお》君だ。協力して、やってもらいたい」と、さっそく業務命令を出した。

山名氏は東大の林学科から海軍に入り、技術大尉として空技廠／一技廠で木材関係の業務を担当していた、優秀で温和な紳士であった。あまり広くはない部屋で、山名室長の指導のもと、仕事が始まった。

四月初めに試用期間が終わり、「任運輸技官。技手《ぎしゅ》を命ず。月給八六円を支給す」の辞令をもらった。軍隊では少尉に任官すると高等官、奏任官になるが、辞令は下士官相当の判任官であった。

自宅もよりの中野駅から浜松町駅まで通勤する、山手線電車の朝夕ラッシュの混みようは、想像を超えていた。現在も身動きがとりにくい満員電車だが、昭和二十一年においてはそれに輪をかけたすごさであった。私は上背があったので、女性が降りるときに口紅が上着やシャツにべったり付いて、洗っても落ちないのには弱った。石鹸が手に入らない時代なので、顔の下に来る人の頭髪が強く臭うのにも閉口した。

ガラスが破損した窓が板張りなのはいいとして、超満員なのと車体の構造が弱いのとで、カーブを走るとき、押される圧力で乗降扉が外側へふくらむのは恐ろしい光景であった。神田川沿いで扉がはずれ、乗客が転落する事故が起きた。

春の暖かさが増したころ、予想外の事態が生じた。満員の車内で突然、乗客の指先や鼻の頭、手に持つ傘など、突起部分が目の中にとびこんでくる錯覚に襲われたのである。こらえきれずに途中下車して、気持ちが落ち着いてから別の電車に乗った。

異常感覚は車内ばかりではない。机の上の鉛筆、食卓に置かれた箸《はし》も、目に突き刺さろうとする。これらの錯覚、幻覚にさいなまれ、いらだちと精神的疲労で頭が重く、仕事に集中できなくなった。

心配した山名主任が部長に報告して、新宿駅付近にあった鉄道病院へ受診に行ける許可をもらってくれた。登庁後に出かけ、血沈、レントゲンなどいろいろな検査を受けたが、医師は「血圧、血沈とも正常ですね。熱もありませんし」と頭をひねった。

診察室に脱いであったネイビーコートが、彼の目にとまった。

「あなたは海軍にいたんですね。実は私も海軍の軍医でした。軍歴を教えてくれませんか」

外地で勤務した者には、マラリアやデング熱に罹患《りかん》している場合があるので、たずねたのであろう。

「夜間戦闘機の搭乗員でした。横須賀航空隊付で、実験をやりながら、東京上空で数回B－29と戦いました。昼夜逆転の生活が六ヵ月以上、終戦まで続き、食事はひどく不規則でした」

かんたんに説明すると、医師は考えながら診察カード《カルテ》に記入したのち、「航空神経症。三ヵ月の治療を要す」と診断書を書いてくれた。

〔航空神経症は、地上とまったく異なる環境が作用して起きる一種のノイローゼ。感覚や心境の変化によって意志が減退し、飛行作業に出られなくなる〕

医師に呼ばれて、ブドウ糖のアンプルを病棟の看護婦長が持ってきた。薬品が不足していた当時は、婦長がその管理にあたっていた。

医師から「これから一ヵ月間、注射にくるから」と説明された婦長は、アンプルを透《す》かし見て「不純物が見えるので、注射には使えません。患者さん、お飲みなさい」と差し出した。飲むと、甘い味が舌に残った。それから別の不純物なしのアンプルが用意され、ビタミン剤を何種類かまぜて静脈注射を打ってもらった。

航空神経症とはどんなものか知らず、医師の説明もなかったが、神経症という診断には納得できなかった。不規則だった夜戦乗りの日常、激しい重力差を生む空中機動、過剰な睡眠薬量などが、身体面に大きく影響しているのではないか。精神的にまいって飛べなくなったり、飛行作業がいやになった状態は一度も経験しなかった。戦後も、思い悩んでふさぎこんだりはしていない。

私の体調を正しく分析し、原因を見つけ出せるところまで、この方面における医学の対応が及んでいなかったのであろう。いまはそれを理解できる。

診断書を提出すると、技術研究所は柔軟な扱いを示してくれ、年配の庶務課長から「来られるときに出勤して下さい。混まないうちに帰っていいですよ」と言われた。

以後、朝はラッシュを避けて、午前十時ごろに病院で注射を打って研究所へ。庶務の机上の出勤簿に捺印《なついん》し、かんたんな業務を始める。枕木の現況を記した調査票をチェックし、改革のための打ち合わせ、相談を、山名室長と行なった。そして、電車が比較的すいている午後三〜四時に帰る、という生活を続けていった。

組合に立ち向かう

昭和二十二年前後の運輸省鉄道総局（二十四年に日本国有鉄道へ継承）は、労働組合の活動がさかんであった。技術研究所も約四〇〇名の職員によって支部組織が作られ、とくに青年部の動きが激しかった。

組合への加入は自分で選択できた。人数がそろわないと支部が成り立たないからと頼まれ、深く考えもせず、名前を貸す程度のつもりで加わった。管理職未満の者は、たいてい加入したはずである。

技術研究所の室長、主任クラスの多くは、国立大学出身で旧軍の技術士官であった。とりわけ海軍出身者が多かったと記憶している。これらの人々が研究室の重要ポストに配置されていることに、労組の青年部員が反発して「進駐軍」のあだ名をつけて呼んでいた。駐留米軍のように、あとから来て大きな顔をしているから、というのが理由であった。

「進駐軍」には私も含まれていた。通勤途中に道を歩いていると、尖鋭《せんえい》的な組合員から「『進駐軍』だ。軍国主義者だ」「死刑にしろ！」などと悪口を言われた。予備にしろ海軍士官なので、軍国主義者に見なされるわけである。

研究所の女子職員が、労組本部の婦人部から質問項目を受け取ったことがあった。そのとき私は木材部の組合役員（各研究室の若手が順番になる）をしていたので、本部婦人部の質問に対し、どのように書けばいいかを相談された。そこで「自分たちの思っていることを書けばいいんじゃないかな。たとえば……」と私案を話すと、彼女たちはそのとおりに書きこんで、本部へ送った。

すると本部から彼女たちに「これは自分で考えたのか、それとも誰かに相談して書いたのか」と強い調子の問い合わせが返ってきたので、私に相談したことを述べたらしい。

田村第四部長から内線電話で「労組本部の婦人部長の佐伯女史から『黒鳥という職員を呼んで下さい』との電話だ。すぐ来てくれ」と言われ、部長室へ出向いた。この労組の婦人部長の名は知られていて、私も耳にしたことがあった。

「黒鳥君、組合となんかあったのか。そうとう怒っているようだ。大丈夫か」

部長は心配げにたずねるが、思い当たることがなく、平静に受話器を取った。名乗ると、すぐに佐伯さんの激しい口調が耳にひびいた。

「あなたは女子職員を扇動し、組合を批判するような指示をしましたね。組合員にあるまじき行為です。本部に出頭して説明するように」

こんな言われ方をされるようなことを、女子職員に話した覚えはない。先方が期待した回答でなかったために、不興を買ったのだろうか。穏便に対応していたつもりだが、婦人部長のいきどおりは治まらない。「出頭しなさい」とくり返されて、感情が高ぶった。

「用があるなら、そっちから出てくればいいじゃないか！」

怒気をふくんだ声で電話を切ったため、田村部長がいっそう気がかりなようすで「君、どういうことかね？」と聞いてきた。鉄道総局の労組は非常に強力で、幹部職員も遠慮がちであった。

その後、この件で技術研究所の青年部三〇名ほどから呼び出しを受け、指定場所の会議室へ出かけた。彼らの前に一人で向き合う私に「戦犯！」「絞首刑だ！」とヤジがとんでくる。順序立てて事情を話したが、彼らはろくに聞かず承知しない。抑えていた怒りが爆発し、大声でどなった。

「私のことを戦犯と呼んだが、きさまらは戦時中にどんな行動をとったのか。私は国のために死を覚悟して戦い、生き残った者だ。文句のあるやつは前に出てこい！」

荒い言葉に意気を削がれたのか、誰もが黙ったまま出てこない。

「こんな組合とは思っていなかった。今日をもって脱退する！」

こう決めつけて出口へ向かい、静まり返った部屋をあとにした。

他の研究室の人たちからも、私の脱退を知って同調する者が出て、三〇名くらいになった。脱会者はさらに増えるようすなので、青年部の幹部が部屋に来て「あなたは意見を堂々と述べる。そのような人が組合に必要なので、ぜひ幹部になって、組合のためにつくしていただきたい」と、手のひらを返すような態度である。私は断わり、「脱退した以上、組合費は払わない」とつっぱねた。

自主脱退の状態が三ヵ月続いた。その間に組合幹部が再三来室し「なんとか組合員に復帰してもらえないか」と頼まれた。先方の事情もあるだろうと思い直し、「組合費は払いましょう。しかし集会にはいっさい出ないし、研究所内の順送りの委員も引き受けません」と返答。この条件が受け容れられたため、いちおう和解した。ほかの脱退者も同様の条件で、労組にもどることになった。

サッカーをやりすぎて

こんな状況の二十二年晩春のころも、心身の不調は続いていた。組合との騒動が、精神的疲弊《ひへい》にマイナスに作用したのは間違いなかった。

半面でプラスの作用もあった。労組脱退前後の私の言動を知った、本省（運輸省）採用の主任クラスで、技術士官だった人たちが「俺も海軍にいたんだ。がんばれよ」と励ましにきてくれた。

彼らとの交流が始まり、そのうちに「なにか運動をやらないか」「サッカーはどうだろう」との話が出た。中学時代にサッカー部に所属していた私にとって、願ったりである。本省にも誘いをかけ、人数を集めてサッカー同好会を作る方向へ、話が進んだ。

総勢一五～一六名。旧制高等学校、高等専門学校でのプレー経験をもつ人が多かった。基金を出し合ってボールを二～三個買い、研究所のそばの埋め立て広場で、ボールを蹴り始めた。皆、ひさびさのボールの感触、ゲームの楽しさに喜び、楽しんだ。

サッカーに没頭すると体調不良精神の疲れを忘れ、気分爽快《そうかい》。仕事への集中力も増し、職場が充実したものに変わった。品川駅近くの運輸省直轄《ちょっかつ》の木材防腐工場で、重い枕木の試材を大八車に載《の》せ、浜松町の技術研究所までの砂利道《じゃりみち》を延々、汗を流して運んだのも、そのころのことである。サッカーのおかげで、心身ともに敗戦のショックから解放されたと思っていた。

当時、サッカーの同好会が各方面で作られつつあった。朝日新聞、慶応大学病院、日本銀行とわれわれ鉄道総局の各同好会が、それぞれチームを編成して試合を行ない、それなりの力量を楽しく競い合った。日本橋の日銀本店は一般市民は中に入れないけれども、サッカー同好会のメンバーに幹部がいたため、試合の打ち合わせや会合で出向いて、部屋を使ったことがあった。

日曜日ごとに各チームとの試合があり、私はつねに参加して、ほとんど家にいなかった。ところが、鉄道総局が国鉄に変わる二ヵ月前の二十四年四月、試合中に体調をくずし、急に病の床についてしまった。発熱して全身がだるく、食欲不振。レントゲン写真を見た医師から、肺門リンパ腺炎（肺門リンパ節結核）と告げられた。栄養失調と過度の運動が原因との診断であった。

熱が引かず寝たきりで、ひどく寝汗をかくので布団がしめり、一ヵ月のあいだに「畳が腐った」と母に言われたほどであった。戦死した山田隊長の母堂の見舞いを受け、「がんばって下さい」とはげまされた。

サッカーに熱中してようやく元気を回復し、さあこれからというときに、長患《ながわずら》いを余儀なくされ、ガックリ落ちこんだ。かつて海軍の化学部門の技術士官で、技術研究所では炭素合成の権威の本田英昌主任から「くろちゃん（私のニックネーム）、サッカーやめよう」と諭《さと》され、尊敬する先輩の忠告に従って、同好会を離れることにした。

サッカーのかわりに、木材保存と枕木の基本的な研究に専念した。なにかに打ちこまないと、心の安定を保ちがたいからであった。

日本の動きを統轄し制御するＧＨＱ（連合国軍総司令部）の、天然資源局のスタッフから、研究機関の規模縮小の命令が出されたのは、そのころである。人員整理が行なわれることになり、いろいろな憶測、うわさがとびかった。

恩師の芝本教授から「技術者を探してほしいという依頼が、九州の民間会社から来ている。君、行かないか。社長は木材保存の先覚者なんだ」と、次の職場の斡旋《あっせん》を受けた。私が技術研究所を退職すれば、リストラされる職員が一人減ると思い、受ける方向へ気持ちが傾いた。

そこで田村部長に、関西、九州の木材防腐会社の視察を願い出た。いま民間の会社で本当に技術者を必要としているのか、民間企業はどんな状況なのかを、自分で確認したいためでもあった。部長は視察の許可を出してくれた。

二十四年の末に官営防腐工場長と二人で、大阪府と福岡県の三社を見てまわる。恩師が勧めてくれ、技術畑の工場幹部に尊敬できる人がいる、福岡県の会社へ行こう、と内心で決めた。その人はまもなく義父になる安部成康である。

縁あって二十五年一月、安部の息女と結婚。一〇ヵ月間を自宅で生活したのち、国鉄技術研究所（改称）を退職し、福岡県の会社に入社した。東京で生まれ育った私には、現地に友人はおらず、都会色が皆無の町での勤務と生活には、さびしさが付きまとった。

味噌と醤油は口に合わないので、東京から送ってもらった。米も味が違い、魚の種類も異なったため、妻は調理に苦労していた。いまなら福岡市内まで普通電車でも片道一時間だが、当時は日帰りは無理で、必要な食品、品物の購入も困難であった。

しかし業務面では、九州大学農学部、九州電力試験場の研究者、技術者の人々から指導および協力を得られ、恵まれた立場なのを実感した。東京では木材を運河に貯蔵するため、水中の部分が防腐処置に不都合な状態になるが、運河がない当地では広場に置き、これが好結果をもたらすなど、好環境であることも体験した。

九州でも心身の苦しみ

入社した翌年の昭和二十六年。身体に変調をきたしたのは、季節の変わり目の四月ごろであった。

福岡市の九州大学、九州電力への出張から電車で帰るとき、夕方の五時前後の汽車に乗り、発車のベルが鳴ると同時に、気分が悪くなった。耐えられず、同行の同僚に「ごめん！」と伝えてホームにとび降りる。休憩所のベンチに座りこみ、終電車の十一時すぎまで横になって動けなかった。

駅の救護室へ行ったこともあった。

「気分が悪いので、医者を呼んでもらえませんか」

「病人はどなたでしょう？」

駅員にたずね返されるほど、私の外観は平常と変わらなかった。

「私です、悪いのは。医者を頼みます」

動悸《どうき》と頭のふらつきがひどい。心身がバラバラで、心臓が止まりそうな感覚。どうなるのか、どうしたらいいのか、見当がつかない不安にさいなまれた。

医師が看護婦を連れてやってきて、駅舎内で診察してくれた。質問をかさねながら首をかしげ、注射を打って帰っていった。その後、なんとか終電には乗れて、自宅までもどることができた。

列車にくらべれば、まだしもバスのほうがマシだが、混んでいると気分が悪くなり、めまいを生じるなど、近くの地方都市までの一五〜一六キロが耐えられなかった。理髪店で汚れよけの刈布《かりぬの》(ケープ)を首に巻いただけでひどく苦しく、店の外へ逃げ出した。

突き出た物、尖《とが》った物が目にとびこんでくる錯覚がぶり返した。箸立てに立てた箸を見ていられず、ちゃぶ台の下に隠さないと、食事をとれなかった。いったん手に持ってしまえば、恐れが消えて大丈夫なのだが。

頭が冴《さ》え返り、さまざまなことがらが脳裡に浮かんできて、眠れない状態が続いた。検査を受けても、医者の診断は毎回「異常なし」であった。タバコをやたらに吸って、一日六〇本に増えた。

こうした苦痛は翌年も、さらに翌々年も変わらなかった。ただ、どんなときに、どんな条件で心身に変調が表われるかが分かって、それを避ける消極的な対応になれ、勤務を続けることができた。住まいが会社の構内にあって、交通機関を使わずに通勤できたのが救いで、その後に建てた家からも歩いて通えた。

出張時、列車に乗れなくなり、博多から自宅までタクシーで帰ったときもあった。当時の料金で一万円〔おおよそ初任給の一・五ヵ月分〕ほど支払ったのは昭和三十年のことであった。長距離の場合でも、車内がゆったりした特急の指定席だと、気分はかなり違い、長時間の乗車に耐えられる場合が多かった。

妻の姉の夫である菅井正武は戦時中、陸軍の軍医官であった。三十年六月に義父の葬儀で大阪から来たおりに、症状を説明した。

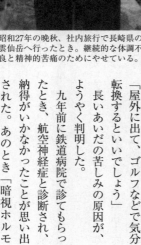

「そりゃヒロポンですよ。四朗さんはどこかでヒロポンを打たれたね」

内科医師の義兄の返答は明解であった。注射といえば、横空で夜間待機のつど、二〇回以上を左腕に打たれた「暗視ホルモン」を思い出す。そのことを話すと、義兄は「それそれ」と肯定した。

昭和27年の晩秋、社内旅行で長崎県の雲仙岳へ行ったとき。継続的な体調不良と精神的苦痛のためにやせている。

「屋外に出て、ゴルフなどで気分転換するといいでしょう」

長いあいだの苦しみの原因が、ようやく判明した。

九年前に鉄道病院で診てもらったとき、航空神経症と診断され、納得がいかなかったことが思い出された。あのとき「暗視ホルモン」注射について話していたら、

戦時中のグラフ誌に掲載されたヒロポン錠の広告。文面には副作用に対する警戒感はない。私が打たれた注射液は錠剤よりも高濃度だったように思える。

医師はなんと言っただろうか。

戦後、疲労回復に有効な薬剤として、ヒロポンの注射が広まったのは知っていた。ただし、錠剤が市中の薬局で販売されていたのは、記憶していない。私は横空在隊時のほかには、ヒロポン注射を受けたことはなかった。

〔ヒロポンはメタンフェタミンの商品名。疲れが取れ、すっきりした気分になる除倦覚醒剤《じょけんかくせいざい》として、昭和十六年から市販が始まったが、当時は副作用については判然としていなかった。敗戦後、軍の保有品が市中へ流れ、使用者の増大につながって、心身への実害が表面化した。二十三年八月に薬事法により販売規制がなされ、二十六年六月の覚醒剤取締法で一般人の所持、使用が禁止された〕

原因が分かっても、体調の回復にはつながらない。会社は今後の自動車の普及に備えて、希望者に就業時間内の教習所通いを認めていたが、私は心身の変調に対応しかねると考え、長期にわたって免許取得を断念した。

元軍医少尉の謝罪

昭和三十三年五月、東京出張の帰りの寝台特急で「九州木材の黒鳥様、博多駅で下車なさって下さい」と車内アナウンスが流れた。取引先の九州電力の支店から、福岡市内の民家にシロアリの被害が出て、住人が電柱からのアリが原因と主張しているので、技術者による調査を望む依頼が会社に入ったのである。

原因は電柱ではなく、民家自体にあった。会社から九電の支店に送られたその報告書を、受け取った担当課長が、横空で勤務し、敗戦後の残留部隊にも加わった、もと主計少尉の鶴さんであった。

まもなく鶴さんから、会社の私に電話がかかってきた。

「横空にいた黒鳥さんですね」

なつかしい声。当時の鶴主計少尉のおもかげがすぐに浮かんできた。

「軍医だった脇さんは、熊本で開業しています。こんど、三人で会いましょう」

九月、熊本へ出かけ、三人で食事をしながら、懐旧談に花を咲かせた。「暗視ホルモン」注射の件を持ち出して愚痴《ぐち》を言うつもりなど、まったくなかった。あれは実験任務の一つだった、と割り切っていた。

ところが、再会するや脇さんのほうから、すぐこの件に言及してきた。

「黒鳥さん、身体に異常はないですか。お元気そうですが」

「ヒロポンでしょう」

私は問われるままに、長いあいだ原因が分からなかった心身の異常と苦痛を、手短に話した。初めて実情を知った脇さんは、頭を下げた。

「〈ヒロポンが正体と〉知らなかったとはいえ、注射をしたのは自分です。心配していました。すみません」

「当時の状況じゃ、やむを得ないでしょう。謝る必要はないですよ」

こう答えて、私はこの話題を打ち切った。軍医として命令を遂行しただけなのに、脇さんが医師の良心において、苦しんできたのがよく分かった。

その後、脇さんのセッティングで、義兄が勧めてくれたゴルフを、大牟田で楽しんだ。脇さんはハンディがシングルの名人で、初心者で未熟な腕前の私は、「黒鳥さんは身体の〈大きさの〉わりに下手だなあ」と評価を下され、笑い合ったのがなつかしい思い出になった。

脇さんも、このときは転勤で参加できなかった鶴さんも、旅立ってしまって現世にはもういない。

いまでも混んだ電車は避けている。博多駅までの三〇分の近距離出張でも、急行の指定席を使ってきた。立っている乗客がおらず、視界が落ち着いて安心できるからである。反対に、混雑の度合が大きい西鉄の電車は不安で、利用する自信がない。福岡県に移住して六〇年あまりのあいだに、二度しか乗らなかった。

バスに乗れないのが不便で、自動車の免許を三十八年になって取得した。三十年前後にくらべて、懸念要素が減っていたからである。マイナスの諸種の異常は大丈夫、もう出ないと自分に言い聞かせ、練習し実用して、無事故、無違反で通してきた。

テレビの時代劇で、刀や槍がこちらに向けられると、いまも思わず目をそらす。とがった物を恐れるかつての症状がかすかに残っているのか、あるいは単にかたちだけのなごりなのか、本当のところは分からない。

現在では、戦闘時などの夢でうなされることはあるが、後遺症と見なしうるような判然とした異常はほとんどなく、食事や行動面でも影響は消え去ったようである。

私の軍隊生活は恵まれていたと思う。外地へ出なくてすみ、山田隊長、ペアの倉本飛曹長をはじめ、優れた上官、同僚、部下に助けられた。空襲時、地上では炎に襲われ多数の犠牲者が出たが、その惨状、苦しみを知らず、B-29を追いまわしていただけであった。

乙飛予科練出身者が集う雄飛会の、平成五年度の大会が催されたのは、福岡県内の二日市温泉であった。横空でさまざまにお世話になった先任分隊士の市川さんから、出席するとの連絡が家に届いたので、ぜひ会いたいと思い宿泊旅館へ出向いた。

横空時代と変わらない、豊かな人間性を示す表情の市川さんは、なつかしげに語った。

「夜戦に配属されたために、私は生き残ったのです。他の機種へ行った者は、たいてい戦死しました」

そして、七十歳の私をおだやかに見て、言葉を続けた。

「黒鳥さん、りっぱに成長しましたね」

よけいな教えや指示を口に出さず、未熟な予備士官の私を、黙って見守ってもらっていた。そのことをあらためて実感した、短いが、忘れられない言葉であった。

著者あとがき

わずか一年数ヵ月の勤務だが、鮮烈な印象が残る横須賀海軍航空隊でのできごとを、原稿用紙にまとめてみようと思い立ったのは、平成十七年（二〇〇五年）の春を迎えたころである。自分の戦争の足跡を、子供たちに自分の筆で伝え、合わせて、ともに戦った隊員の存在を世に残すべき、と考えた。

きっかけは、三〇年来お付き合いしている航空戦史家・渡辺洋二さんの言葉であった。「ほかの人々が成し得なかった戦果をあげ、特異な苦労もされている。記録を残す価値が充分にあります」と言われ、納得したのであった。

はじめは横空時代の戦記だけにするつもりであったが、どうせなら予備学生を受けるあたりから、と思い直して書き始めた。仕上がったら読んでもらうように、渡辺さんにお願いし、快諾《かいだく》を得たのもこのときである。

できるだけ時間を追って記していくべく努力したけれども、頭で思うほど鉛筆は動かず難渋した。そんなとき「内容がどんな順になっても構いませんよ。ずっとあとで思い出したら、別の紙に書き分けておけばいいんです」と励ましてくれた、渡辺さんの電話の声が支えになった。脱稿は九月の中旬。なにかを半年近くも書き続けたことは、ほかにない。

さっそく原稿全部を、そのまま渡辺さんに送った。四〇〇字詰めで二〇〇枚以上の量を見ると、これが本になれば、と思うのは人情であろう。そのことは分かってもらっていたようで、十月になって「光人社で出版を考えてくれるそうです」という連絡をもらった。しかしそれには、読者が納得するレベルへ持っていくため、渡辺さんの手直しが必要とのこと。深く考えず「よろしく頼みます」とお願いした。

それから渡辺さんの質問がスタートした。細かな点が多かったが、書き忘れていたこと、省略したことなどを、次から次へと尋ねられた。

出版までさして日数はかかるまい、と思っていたのだが、やがて質問が来なくなり、そのまま時間がすぎていった。渡辺さんに電話すると「少しずつ進めています」との返事である。「雑誌連載にして、あとで本にまとめては?」と提案しても、「それはできません」と否定されてしまった。

やがて全体量の四分の一ほどが、プリントアウトで送られてきた。一読して、格段の高品質化が分かった。流れと文章が整えられ、より正確かつ詳細で、しかも元の原稿の雰囲気《ふんいき》が残してあり、書かれている内容はすべて事実であった。私の回答も、余さず巧みに取り入れられていた。それを率直に伝えると、渡辺さんは「残りもこの調子で行きます」と答えた。出版社が渡辺さんの手直しを要求した理由を、はっきりと理解できた。

それから五年間は、ときおり集中的に質問が来て、答えるつど記憶がよみがえる気がした。しかし、ほかの仕事がいろいろあるからだろう、あまりに間《ま》が開《あ》きすぎて、もう出版は無理ではないかと思うことがあった。

今年の五月から、これが一変した。いきなり数日おきに長距離電話がかかり出し、すぐそれが毎日になった。こういうデータが必要なのだなと、プロの質問に感心し納得するような事がらは言うに及ばず、驚くほど些細《ささい》な部分を数多く聞かれ、確認される場合が頻繁《ひんぱん》にあった。私の記憶の混乱を正されたことも、いく度もあった。難聴ぎみの私の耳に配慮して渡辺さんは大声で話してくれ、尋ねるつど「はっきりしなければ、不明と答えて下さい」と付け加えた。

私にはどのような質問でも受ける用意があった。長い交際で渡辺さんの性格と書き方はよく分かっているし、渡辺さんも私の個性を知っているからである。他者の取材なら答えたくない部分も、すべてオープンにした。

「私は今回は編者です。著者は黒鳥さんですから、間違いがあれば指摘願います」と、校正刷り全部を送ってもらえた。長らく待ち続けた重い紙の束を、一枚ずつ読んでいき、大きな満足感を得ることができた。私の独力では到底なし得なかった、非常に充実した内容の回想記が、実現しかけていることに感激したのである。

あとがきもよろしく、と水を向けられ、こうして認《したた》めることになった。少し脇道にずれるかも知れないが、薬剤注射の体験に関連する事がらを、以下に書かせていただきたい。

友人の子息が医師で、青少年に覚醒剤の恐ろしさについて講演するとき、私のケースを例にあげている。薬害に苦しんだ戦後の生活ぶりを聞いた人たちに、強いインパクトを与えているのが常だそうである。

私と、同じく注射を受けた倉本氏は、ともに直接の被害者だが、覚醒剤とは知らされずに処置した軍医官に、責任を問うわけにはいかない。戦争という異常な環境が、効用の人体実験を要求し、われわれが実験台に選ばれた。副作用が正しく分かっていれば、打たれることはなかったのではないか。

現在、精神にダメージを与える各種の薬剤が密売され、軽い気持ちで使用して抜け出せず、人生を失う若者が少なくないといわれる。身体も精神も痛めつけ破壊してしまう物質を、自《みずか》ら進んで用いるのは絶対にやめてもらいたい。その恐ろしさの一端を知る者の、心からの願いである。

まもなくでき上がる本を思い浮かべつつ、渡辺さんの努力にあらためてお礼を申し上げる。
そして、刊行を決めて下さった光人社、担当編集者の藤井利郎さんに深謝して、結びとさせていただく。

黒鳥四朗

平成二十三年十二月

編者あとがき

執筆を職業にして三分の一世紀がすぎた。この間に、特定の個人を主題に書いたのは短編だけで、長編はない。

誰かを主人公に仕立てて、延々と詳細につづっていけば、必ず出てくる不明部分を無理なかたちで埋めねばならない。また取り上げる人物は、そもそも自分にとって魅力があるのだから、書き進むにつれ思い入れがじりじり強まって、偶像崇拝的な記録ができ上がってしまいかねない。実録をゆがめる可能性は選ぶまい、が私にとって大前提なのだから、執筆を試みなかった。

陸軍の荒蒔義次《あらまきよしつぐ》さん、檜《ひのき》与平さんや海軍の谷水竹雄さんといった、知る人ぞ知る戦闘機乗りから、個人的航空実録の記述を直接に望まれたこともあった。彼らの優れた人となり、起伏のある豊かなキャリアは、手がければ熱中するとすぐ分かったが、方針を変えるわけには行かず、見送らざるを得なかった。たまにあったご遺族からの戦死者活動記録の依頼なども、すべて断わってきた。

黒鳥四朗さんから「回想記をまとめたい」と電話で伝えられたとき、即座に賛成した。昭和五十六年（一九八一年）三月初めに談話を聞いて以来、著書のなかになんども登場願い、短編の主役にもなってもらったから、どんな状況でなにを行ない、どんな結果を得たのかは、おおむね知っていた。回想記着手を強く勧めるのに、なんの抵抗もなかった。

半年後に届いた原稿用紙二一〇枚を見て、腹の中でウーンとうなった。まったく空いたマスがなく、全部が文字で埋まっている。見出しも、章立てもない。けれども、このパターンは作文の素人《しろうと》にはときおり見られるもので、赤ペンで改行や見出しの行数を指定すれば、こと足りる。

読み始めてすぐ、自費出版で作るにしても、このままでは本にならないと分かった。読者を想定した表記、文章になっていないのだ。順序もおおまかには時期を追ってはいるが、かなり適当で、前後が入り交じって理解しにくい。重複部分がいくつもある。ナマの単語が随所に出てきて、よほど海軍航空に知識がないと、意味をつかめない。記述に含みがなく、淡々と話が進む。

勝手に欠点をならべたが、実は原因の多くは私にあった。「思いつくままに書くのがいちばんです。変に技巧を弄《ろう》すると、筆が止まってしまいますよ。とにかく書き終えることが大切なんです」と記述のコツを伝えていたのだから。

以前に、もと陸上攻撃機搭乗員で、充分な筆力を備える人が、うまくまとめようと考えすぎて自縄自縛におちいり、執筆が停滞。結局は記録が陽《ひ》の目を見ないまま、亡くなってしまった。このときも記述法を相談され、「書ける部分から気楽に書いて下さい。あとでつなげばいいんですから」と、くり返し話したのだが。偶然にもその人は黒鳥さんと同期で、しかも同じ偵察士官だった。

この点で言えば、黒鳥さんは脱稿できたのだから、とにかく成功例と言える。そのうえ私の言葉どおり、あとから思い出した事がらを、一〇通ほどの手紙で追加してくれた。

通読して、長所が浮かび上がってきた。大組織・横空のなかに占める夜戦隊のポジション、隊を構成する人々の性格と動き、隊の内外における黒鳥分隊士のさまざまな体験が、砂金を散らしたように光っている。私が聞かされていない印象的な事件や行動、感想も、数多く記してあった。

前述の文章の不完全は、逆に言えば著述が仕事ではないのだから当然で、理系の技術研究者の作品としては合格である。文章にはあざやかな言いまわし、味のある語彙《ごい》が少なからず見受けられた。しかも、日記や詳細なメモを残していないのに、八十二歳の高齢で、これだけの高精度な長編を、半年がかりで仕上げた気力と持続力は、驚きに値する。率直に「得がたい回想記だ」と結論づけた。

この労作を市販の書籍として刊行したいかを、黒鳥さんにそれとなく打診してみると、その意志ありと受け取れる返事だった。そこで、光人社版の拙著の編集を担当願っている藤井利郎さんに、事情を話して読んでもらった。答えは予想にたがわず「このままでは本になりません。編集部の作業限度をこえています。特異な内容なのは分かりますから、渡辺さんに全面的に対応してもらえるなら考えましょう」というものだった。

個人を中心にすえた長編は書かないけれども、既存の原稿をグレードアップするのなら問題はない。決意して改訂作業にかかったのは、その年、平成十七年（二〇〇五年）の師走に入った日だった。

一回につき一〇枚前後の原稿を、注意ぶかく読み、疑問点、不明点をチェックして番号を付し、黒鳥さんに電話で問い合わせる。たいていはすぐに回答が返ってきた。こちらでも可能な範囲で裏づけを取り、ミス、誤記が出ないように努め、必要と思われるデータおよび補足解説、省略された言葉は〔 〕内に示した。

自分の執筆のためにときどき黒鳥さんに取材して、ノートに取ってきた一〇年前、二〇年前のメモと、今回あらたに聞く返答を比べて、ニュアンスや数字に違いがほとんどない。記憶の確かさに恐れ入った。

かんたんに記してあっても、読者として興味を感じたり、重要と思われる箇所は、細かくたずねて文章量を増した。そのさいに大切なのは、編者（私）の勝手な意志や判断を入れない意志だ。脚色、潤色などは論外である。文章は多くの部分を書き直したが、できるかぎり原文を生かし、文体を黒鳥さんのものに近づけるよう努力した。

しかし大幅な改訂作業が、これほど骨の折れるものとは予想しなかった。「あれ？」と引っかかれば、いちいち電話で返事をもらい、自分ではめた枠のなかで文を書き直していくから、ストレスがひどく溜まる。自著を手がける二〜三倍の労力が必要だった。

当初は二ヵ月あれば終わると考えていたが、あまりに甘い読みと分かった。この改訂に打ちこみ続ければ、疲労困憊《こんぱい》は間違いない。そのうえ、自分の仕事がとどこおり、ほかの出版社に迷惑をかけてしまう。おおげさに言えば、人生スケジュールに歪《ゆが》みを生じかねない。

プリントアウト二十数枚のところで、方向転換を決めた。できるときにできる分だけ進める方法に改めたのだ。黒鳥さんには申しわけなかったが、以後は一〜二ヵ月に数日ずつを作業にあて、ときには三ヵ月間も放置を決めこむ、ゆるい進行が続いていった。

スローペースで改訂中の平成二十年十一月、所用で上京した黒鳥さんと、羽田空港の待合エリアで十数年ぶりに会った。杖をついていたが元気で、用意してきた三〇あまりの質問に答えてもらった。例えば交戦時、斜め銃でB‐29を撃って、どのあたりから、どんな形で発火したのかを分かりやすく記述するには、面談してノートの図に描きこむのが確実で分かりやすいのだ。

作業開始から三年もたつのに、まだ四割ほどしかできていない。黒鳥さんもあきらめ気味だったかも知れないが、食事をはさんでの問答と雑談は楽しく、見送りまでの時間がたちまちにすぎた。

原稿で感心した点の一つは、随所に入っている会話だ。別件の疑問でそのあたりを聞き直すと、ほぼ変わらないセリフを語ってくれる。思いつきで適当に入れた会話ではないと分かったし、記憶の確かさを証明する材料でもあった。

セリフの多さは、読み手からすれば大いに歓迎できる。なじみやすいし、なにより当時の関係者たちと形成した空気が如実に分かるからだ。

このことも含み、原稿から浮かび上がるのは、著者の良好な人間性である。偏《かたよ》らない思想、相手への礼儀を身につけ、自身へのおごりがなく、編者として共感、親近感を得る場面が多かった。著者が我田引水、手前味噌で書いてはいないことは、編者が本書に登場する人物のうち一〇名近くに取材して、黒鳥さんの人がらや行動を聞いており、間違いないと保証できる。

なかなかはかどらなかった作業に、スパートがかかったのは今年の五月下旬だ。昨年の秋に航空史関係の文筆業からの引退を宣言して、仕事の手がすき、転居作業も一段落で、多くの時間を割けるようになった。米寿を迎えた黒鳥さんがずっと達者でいる確実な保障はない（誰しも同様だが）から、無理を承知で自分にムチを入れた。残りは四割あまり。

電話での質問はほとんど連日で、三～四回かける日もあった。誤りを防ぐため、あやふやな場合は「不確か」「不明」と答えてもらった。黒鳥さんの著作なんだし、長い交友関係に免じてもらい、他の人には手控えるようなことも遠慮なく問い合わせた。本文の作業をひとおり終えたのは九月中旬。既存の取材ノートのほかに、回想記のための新たな質問総数は一〇〇〇をこえる。

作業着手からおよそ六年。私にとって改訂という脇役へまわった唯一の本は、ようやく刊行にいたった。手がけた長編のおそらく最後の一冊が自著でないことに、いささかの不満もない。

ながながとお待たせした黒鳥さん、私の作業法を熟知し期限を切らなかった敏腕の藤井さん、製作支援に努力された編集次席の小野塚康弘さん、出版をこころよく引き受けて下さった光人社に、あつくお礼を申し上げる。

平成二十三年十二月

渡辺洋二

文庫版の編者あとがき

このたびの文庫化にさいして、単行本の旧版「回想の横空夜戦隊」を始めからじっくり読み直した。これまでも資料として調べたり、懐かしさからページを繰るときはあったが、全ページを再読する機会はなかったから、意外に新鮮な気持ちで行を追っていけた。

すぐによみがえった感情は、ノンフィクションへの対応の難しさだ。それはこれまで重ねてきた著作で、充分に思い知ってきた。

既刊のおびただしい数の、過去を舞台にする自称〝ノンフィクション〟について、登場人物の会話、すなわち話す言葉がどのように入るかで、真偽のほどがすぐに分かる。「」が入る場合、語る本人あるいは傍聴した人物が、そのセリフがあったと証言してくれなければ、作りものと称していいだろう。

近代〜現代を記した実録もので、話し手、聞き手の裏付けをとれないセリフ、文献にない会話が出てくるなら、それは事実を逸脱した創作で、延《ひ》いてはノンフィクション作品の資格を失う。歴史ものの過半はこのハードルを越えられない半創作物なのだ。

会話やセリフが加わると、記述に抑揚、柔らかみを生じ、感情を移入しやすい。したがって作者が常用するのは分からないではない。ただし、盲信して事実を曲解しがちなタイプの読者のために、セミ・ノンフィクションとかノンフィクション・ノベルをタイトルや本の帯(腰巻)に添えてほしい。

セリフの捏造《ねつぞう》はかねて排除するのが信条だった。ところが「回想の横空夜戦隊」は、黒鳥四朗さん著の回想記だから、「」内の信憑性《しんぴょう》については旧版のあとがきに記したように太鼓判だ。自筆の原稿用紙の時点からいくつも記入されたセリフには、いかにも臨場感があって、まわりの文章が生きてくる。

そこで「」の数を決して減らさず、思い出してもらえる範囲で適度に増やすよう努めた。黒鳥さんの性格と記憶力から、いずれも実際の発言で、語調も正確に違いない。

さまざまな出来事の内容や時期は、すべて著者本人の記憶にあり、また書類に記されたものだから、第三者が異論を立てても通りがたい。私も記述範囲を限定して、できるかぎり正確な内容を得られるように努力した。これこそノンフィクション、と見なしてもらっていいと思う。

著者の体調がおとろえて、容態が芳しくなくなった二〇一一年（平成二十三年）の十二月。単行本製作の初めからお世話を受けている、NF文庫の藤井利郎さんと次席の小野塚康弘さんが、休みなく編集を進めて、印刷と製本を急がせてくれ、予定を四日早めた二十日に見本ができあがった。

すぐに五冊を抜いて、黒鳥さんの家へ急送してもらった。宅配便を受け取った息女の朗子さんが、入院中の病室に持っていくと、痛み止めの麻酔薬を注射したあとで、ぐったりしてベッドに横たわり、意識は朦朧《もうろう》状態だった。

朗子さんが近づけた本に気づき、まもなく自著なのが分かると、黒鳥さんの表情に生気が表われ、さらには意識がもどってきた。

やはりそばにいた子息の春男さんもこの変化に驚いて、「本が分かったときの父の表情をお見せしたかったです」とメールを送ってくれた。

もと夜戦搭乗員の入院患者は、看護師たちの評判もいい、と聞かされていた。ユーモアを解する紳士的性格から、それは容易に想像がつく。付き添いの一人に「これ」と言って本を見せたそうだ。

こうした状況を教えられて、「頑張って作った甲斐があった。藤井氏、小野塚氏が努力して見本を4～5日も早めてくれたおかげだ」と日記に書いた。

てよかった。

残念ながら、黒鳥さんの体力は本を通読できるまでにはもどらず、年が明けて二月四日の朝に亡くなられた。ワープロ原稿、初稿刷りが出てくるつど郵送して、読んでもらっておいてよかった。

文庫版では追加原稿は最小限にとどめ、語彙《ごい》やこまかな文字づかいを直すのを主体にした。より読みやすく、をこころがけた次第だ。単行本で支援を願った小野塚康弘さんに、ふたたびお世話を依頼した。

この文庫版が長く愛読されるのを、祈念してやまない。

令和四年十一月

渡辺洋二

単行本　平成二十四年二月「回想の横空夜戦隊」改題　光人社刊
写真提供／著者・編者

ＮＦ文庫

「月光」夜戦の闘い

二〇二二年十二月十八日　第一刷発行

著　者　黒鳥四朗

編　者　渡辺洋二

発行者　皆川豪志

発行所　株式会社　潮書房光人新社

〒100-8077　東京都千代田区大手町一-七-二

電話／〇三-六二八一-九八九一代

印刷・製本　凸版印刷株式会社

定価はカバーに表示してあります

乱丁・落丁のものはお取りかえ致します。本文は中性紙を使用

ISBN978-4-7698-3290-4　C0195

http://www.kojinsha.co.jp

NF文庫

刊行のことば

第二次世界大戦の戦火が熄《や》んで五〇年——その間、小社は夥しい数の戦争の記録を渉猟し、発掘し、常に公正なる立場を貫いて書誌とし、大方の絶讃を博して今日に及ぶが、その源は、散華された世代への熱き思い入れであり、同時に、その記録を誌して平和の礎とし、後世に伝えんとするにある。

小社の出版物は、戦記、伝記、文学、エッセイ、写真集、その他、すでに一、〇〇〇点を越え、加えて戦後五〇年になんなんとするを契機として、「光人社NF（ノンフィクション）文庫」を創刊して、読者諸賢の熱烈要望におこたえする次第である。人生のバイブルとして、心弱きときの活性の糧《かて》として、散華の世代からの感動の肉声に、あなたもぜひ、耳を傾けて下さい。